HAYMON taschenbuch 134

tirol
Unser Land

Gedruckt mit freundlicher Unterstützung
durch die Kulturabteilung des Landes Tirol.

Auflage:
4 3 2 1
2016 2015 2014 2013

HAYMON tb **134**

Originalausgabe

www.haymonverlag.at

ISBN 978-3-85218-934-5

Umschlag- und Buchgestaltung, Satz:
hœretzeder grafische gestaltung, Scheffau/Tirol
Umschlagmotiv: Anton Christian
Autorenfoto: Thomas Böhm

Gedruckt auf umweltfreundlichem,
chlor- und säurefrei gebleichtem Papier.

Felix Mitterer
Passion Erl

Theaterstück

Mit einem Nachwort
von Ekkehard Schönwiese

Felix Mitterer

Passion Erl

Felix Mitterer

Mein Weg zur Erler Passion

Als ich ein Kind war, nach dem großen Krieg, im Tiroler Unterland, bastelte ich mit meinem Adoptivvater, dem Bauernknecht, eine Krippe aus einem verwitterten Wurzelstock, rundum eine Landschaft aus Rinden, bedeckt mit Moos. In die Aushöhlung des Wurzelstocks kam dann die kleine Krippe, mit etwas Stroh, und ich legte ehrfürchtig das Jesuskind hinein. Josef und Maria kamen hinzu, Ochs und Esel, und dann waren auch schon die Hirten da, mit ihren Lämmern. Das bedeutete mir sehr viel. Das war mir sehr nah. War ich doch selber ein Hirte, ein Hüterbub. Und wir waren genauso arm wie die Heilige Familie, die kein Bett in einer der zahlreichen Frühstückspensionen gefunden hatte, mit fließend Wasser, kalt und warm.

Über der Krippe hing der gekreuzigte Herr Jesus. Ein nackter, junger Mann, durch die Handflächen ans Holz genagelt, blutend aus zahlreichen Geißelwunden, mit der Dornenkrone am Haupt. Ein Gefolterter, ein Gehenkter. Alt war das Kindlein also nicht geworden. Und hingerichtet wurde es zur Vergebung unserer Sünden, aufgeopfert hat sich Jesus für uns schändliche Menschen, erlöst hat er uns.

Das war mir unheimlich. War ich ein so böses Kind, dass sich Jesus für mich töten lassen muss?

Später, viel später, las ich das Heilige Buch, die Evangelien. Und da fand ich Jesus, den Sozialrevolutionär, fand ich Jesus, der sich bedingungslos auf die Seite der Armen, Kranken, Ausgestoßenen stellt; Jesus, der sich gegen die Mächtigen und Reichen stellt; Jesus, der mit

Fischern, Bauern und Frauen übers Land zieht, und die Liebe predigt.

Von der Institution wandte ich mich bald ab, sympathisierte mit der Befreiungstheologie, deren Vertreter von der Institution im Stich gelassen, manchmal gar ausgestoßen wurden. Sympathisierte mit Franz von Assisi, der mit seinem Leben der mächtigen, reichen Kirche – ganz sanft und ganz radikal zugleich – ein tiefer Dorn im Fleische war; auch er ein Befreiungstheologe.

Hineingeboren in eine katholische Bauernwelt, in eine Tiroler Bauernwelt, bleibt man immer Katholik, ob man es will oder nicht. Und der Volksglaube, mit all seinen magischen Bräuchen und hilfreichen Nothelfern, oft aus dem „Heidentum" herüberreichend, von der Kirche klug und wohlwollend zugelassen, hat mir immer viel bedeutet.

So gab es in meinem Leben einige Stücke, die sich mit der Institution und mit der Religion kritisch auseinandersetzen: „Stigma", das Stück in Telfs über die stigmatisierte Dienstmagd, die zwischen Kirche, Staat und Wissenschaft aufgerieben wird; „Verlorene Heimat", sich mit der Vertreibung der Zillertaler Protestanten im Jahre 1837 befassend; „Krach im Hause Gott", wo gestritten wird, ob man den unbelehrbaren Menschen nicht doch eine endgültig vernichtende Sündflut schicken soll; ein Stück über die evangelischen Hutterer, die Privatbesitz und Kriegsdienst konsequent von 1500 bis heute ablehnen; und natürlich auch eines über den Heiligen Franz, den „Narren Gottes".

Und abgesehen davon: Fast alle meine Stücke sind Passionen, auch das zuletzt Geschriebene, über Franz

Jägerstätter, den oberösterreichischen Bauern, der 1943 wegen Kriegsdienstverweigerung hingerichtet wurde.

Und nun also das Angebot aus Erl, die Passion Christi neu zu schreiben, die Passion der Passionen, „die größte Geschichte aller Zeiten".

Einem Gelöbnis aus der Pestzeit folgend, spielen nun die Erler schon seit 400 Jahren das Leiden unseres Herrn Jesus Christus nach, seit 400 Jahren prägt das Heilige Spiel die kleine Gemeinde. 600 von den 1.400 Seelen stehen auf der Bühne, viele andere wirken hilfreich im Hintergrund. Als Kleinkinder treten die Erler schon im Volk auf, spielen dann Jesus oder Petrus oder Kaiphas oder eine der drei Marias, und wenn sie alt sind, kehren sie wieder ins Volk zurück.

Mein Leben lang hat mir das Volkstheater viel bedeutet. Ich hatte und habe das Glück, dass auch die großen und kleinen Profibühnen draußen in den Städten meine Stücke aufführen, aber ohne das so genannte Amateurtheater wäre mein Leben nicht so erfüllt gewesen.

Die Passion für Erl, das wusste ich, würde der Höhepunkt meiner Laufbahn als Volkstheaterautor sein. Mehr kann man nicht erreichen.

Also sagte ich zu. Und tat mich so schwer wie noch nie. Wie denn umgehen mit diesem großen Stoff? Die Worte der Schrift sind doch einzementiert. Oder doch nicht? Darf ich finden, erfinden? Darf ich meine Meinung einbringen? Darf ich herausarbeiten, was mir wichtig ist? Heilige Abziehbilder will ich jedenfalls nicht auf der Bühne haben, die bekannten Sprechblasen aufsagend, sondern Menschen, auch und vor allem den Menschen Jesus.

Es begann mit Studium. Monate über Monate. Bücherberge. Über niemanden gibt es so viele Bücher wie über Jesus Christus. Spekulationen über Spekulationen. Fundamentalistisch bis esoterisch. Konservativ, kirchentreu bis aufrührerisch, revolutionär. Auch eine feministische Bewegung – Göttinseidank.

Lesen über die Zeit – historische Werke, archäologische, soziologische, theologische. Wie lebte das jüdische Volk? Wie war das mit der römischen Besatzung? Wer war Pilatus, wer Herodes, wer Kaiphas und Hannas? Endzeiterwartung. Der Messias kommt. Es kamen mehrere. Wer war der echte, der wahre?

Apokryphe Schriften, also Überlieferungen, die nicht in das Neue Testament aufgenommen wurden; die so genannten verbotenen Evangelien. Zum Teil wirres, befremdliches Zeug, zum Teil ganz wichtig, zum Beispiel die Evangelien von Maria Magdalena und von Thomas.

Studium der kanonisierten Evangelien. Wort für Wort. Viele Überraschungen. Denn wer von uns Christen liest schon genau die Bibel? Ich musste es nun tun. Viermal dasselbe. Und doch immer wieder etwas anderes. Auslassungen, Hinzufügungen. Johannes ein Schwafler. Matthäus und Markus wunderbar. Ganz karg und lakonisch. Widersprüche bei Jesus: „Kauft euch ein Schwert." Gleich danach: „Nieder mit dem Schwert." Seine Angst, seine Qual, seine Zweifel.

Staunen: Wie wichtig und bedeutend die Frauen beschrieben sind. Hallo, Kirche! Liest von euch niemand mehr die Evangelien?

Also, was will ich erzählen? Nicht nur die Leidensgeschichte, die Folter, die Qual, den Tod. Auch wenn die Auferstehung folgt, die folgen muss, sonst wäre alles umsonst, sonst würde uns die Schuld erdrücken bis zum Ende aller Tage.

Die Botschaft Christi muss vorkommen. Sein Aufruf zur Liebe, zur Solidarität, zur Gerechtigkeit.

Der Antisemitismus, seit Jahrhunderten Bestandteil jeder Passionsaufführung, muss endlich radikal entfernt werden. Seit der Nachkriegszeit bemüht sich Erl darum, und es ist sehr schwer. Denn der Antisemitismus ist sogar aus einigen Stellen des Evangeliums herauszulesen; z. B.: „Sein Blut komme über uns und unsere Kinder." Seit Jahrhunderten hat die Kirche den religiösen Antisemitismus gefördert, ist also mitverantwortlich für die Verfolgung und Ermordung der Juden. Besonders in Tirol war der religiöse Antisemitismus sehr verbreitet. „Die Juden haben unseren Herrn Jesus Christus umgebracht." Dass Christus selber Jude war, hat man förmlich aus dem Gedächtnis der Gläubigen ausgelöscht.

Wie sollte sich der Hohe Rat verhalten? Früher wurde er vom Volk gewählt, nun von den Römern. Man muss kollaborieren, zum Schutz des Volkes. Jesus lästert Gott, Jesus könnte das Volk zum Aufstand gegen die Römer anführen. Das wäre dann das Ende, wie 40 Jahre später tatsächlich passiert, als die Römer den großen Aufstand niederschlugen und den Tempel in Jerusalem zerstörten.

Judas, der größte Verräter aller Zeiten, das Sinn- und Inbild des Verräters überhaupt, muss endlich rehabilitiert werden. Judas, der sich erwartet, dass Jesus die Römer aus dem Heiligen Land hinauswirft. Alles

Widerstandskämpfer, alles Partisanen gegen die römische Besatzung: Judas, Barabbas, linker und rechter Schächer.

Die Frauen. Sie sind nicht nur die Dienerinnen, die das Essen zubereiten und sonst brav den Mund halten. Jesu Umgang mit den Frauen ist den patriarchal geprägten Schriftgelehrten eine ungeheure Provokation. Frauen dürfen nicht lernen, und schon gar nicht lehren. Da ist zum Beispiel Maria Magdalena. Papst Gregor I. setzte sie im Jahre 591 gleich mit der namenlosen Sünderin, die Jesus die Füße wäscht. Und aus der Sünderin wurde eine Prostituierte. Und als Folge gab es zum Beispiel in Irland bis 1996 Erziehungsanstalten, so genannte „Magdalenenheime", wo junge Frauen, die im Pub erwischt wurden oder ein lediges Kind bekamen, jahrelang unter schlimmsten Bedingungen eingesperrt wurden und die Wäsche für Krankenhäuser und kirchliche Heime waschen mussten. So tradiert sich eine Verleumdung viele hundert Jahre weiter.

Wer stand unter dem Kreuz? Alle Apostel, außer Johannes, hatten sich aus Furcht versteckt. Unter dem Kreuz standen Johannes, die Mutter Jesu und Maria Magdalena. Sonst niemand. Und wer begegnet als Erste Jesus, dem Auferstandenen? Maria Magdalena.

„Trage meine Botschaft weiter." In der Urkirche wurde Maria Magdalena als „Apostelgleiche" verehrt und bekam den Ehrennamen „Apostelin der Apostel".

Die katholische Kirche hat das alles ausradiert, hat im Gegenteil die Frauen als Hexen verbrannt und sie dem Manne als untertan erklärt. Jesus Christus weint bittere Tränen. An seinem Altar steht die Frau, gleichberechtigt mit dem Mann. Kirche, höre.

So schrieb ich, was ich zu schreiben hatte. Und hoffte, damit durchzukommen. Denn die Erler, das muss man wissen, sind die mutigste Passionsspielgemeinde Europas. Seit Jahrzehnten wird jedes Mal ein Autor beauftragt, eine Neufassung der Passion zu schreiben. Das passiert woanders nicht, dort geht es meistens nur um Kosmetik.

Meine erste Fassung löste bei vielen in Erl erfreute Zustimmung aus, vor allem beim künstlerischen Vorstand, bei manchen im Dorf aber auch Unruhe. Vor allem bei denen, die den Text noch gar nicht kannten, nur gerüchteweise davon gehört hatten. Der Bischof von Salzburg bekam unter der Hand ein Exemplar zugesandt. Es folgte ein Gespräch mit ihm, von meiner Seite etwas unwillig. Und im Verlauf dieses Gespräches und im folgenden Nachdenken darüber lernte ich etwas. Erstens: die Passionsspielgemeinde will und kann sich nicht mit ihrem Bischof überwerfen. Zweitens, und noch viel wichtiger: In Erl wird nicht – wie in einem Profitheater – dieses Stück als eines unter vielen aufgeführt, sondern seit 400 Jahren ausschließlich die Leidensgeschichte Christi. Sie ist den Erlern heilig. Sie bestimmt ihr ganzes Leben. Und jeder der 600 Mitspieler muss einverstanden sein mit dem Text. Ich kann keinem Spieler zumuten, einen Dialog zu sprechen, mit dem er persönlich nicht einverstanden ist. Dem Bischof und den Erlern wurden also von meiner Seite Zugeständnisse gemacht, es wurden Sätze und Stellen herausgestrichen. Und worum ging es? Einzig und allein um die Frauen, hier stellvertretend um Maria Magdalena. Das machte mich traurig, aber ich akzeptierte es, um des lieben Friedens willen. Soll sich eine Passionsspielgemeinde wegen mir zerstreiten?

Sollen sich Lager für und wider bilden? Will ich haben, dass ganze Familien aussteigen? Nein, das wollte ich nicht, auf keinen Fall.

Doch es kam anders. Es wendete sich alles zum Guten. Zu verdanken ist das bestimmt den Frauen in Erl, zu verdanken ist es dem künstlerischen Vorstand, zu verdanken ist es einem Pfarrer, dessen Namen ich nicht nennen möchte, weil ihm das schaden würde, zu verdanken ist das aber hauptsächlich einem jungen Mann, dem es gelang, ein Feuer der Begeisterung, der Leidenschaft in den Erler Spielern zu entzünden; ein Feuer, das so hell brannte und brennt wie noch nie zuvor: Markus Plattner, Regisseur der Passion 2013. Sein inszenatorisches Konzept ist so neu, so modern im besten Sinne, so revolutionär, dass ich mir zu Beginn schwer vorstellen konnte, dass es durchgehen würde. Das, was man heute unter „Regietheater" versteht, unter dem viele Schauspieler zu leiden haben; künstlich übergestülpte Konzepte, um möglichst originell zu sein, um einen Shakespeare zu machen, wie er noch nie gemacht wurde, dieser überflüssige Wettbewerb eitler Regisseure an den Staatstheatern – dieses Regietheater kann auch etwas absolut Positives sein, wenn es nicht nur aus dem Kopf, sondern auch aus dem Herzen und aus dem Bauch kommt. Und das macht Markus Plattner in Erl. Zeitgenössisches Theater für die Menschen von heute, auf höchster Ebene, mit großer überzeugender Qualität und Kraft. Und das überzeugte die Erler, und sie gingen begeistert diesen schwierigen, abenteuerlichen Weg mit ihrem Regisseur. Hatte das „Volk" 400 Jahre lang nichts anderes zu tun als dekorativ in antiken Gewändern auf der Bühne herumzustehen, am Anfang „Hosianna" rufend, und am Ende „Kreuzige ihn“, sind nun alle 600 Spieler ständig in Bewegung, ständig in Spannung, bilden einen wichtigen Teil der Aufführung, vollführen unter der Anleitung von Markus’ Choreografien, die jedem Profitheater Ehre machen würden. Und die Hauptdarsteller sprechen nicht nur so laut wie möglich ihre Texte, sondern spielen sich die Seele aus dem Leib, berühren uns, rühren uns im tiefsten Inneren an. Kommen natürlich das neue Bühnenbild dazu, die Kostüme, das wundervolle Licht, die hervorragende Musik. Ein Gesamtkunstwerk. Eine Passion, wie es sie noch niemals gab und auch nicht mehr geben wird.

Diese Begeisterung, dieses Vertrauen in Markus führte dann auch dazu, dass mir besonders wichtige Textstellen, die gestrichen waren, wieder aufgemacht wurden. Und so gibt es die „Apostelin der Apostel“ nun doch in der Erler Passion.

Natürlich wurden vom Regisseur dennoch viele Striche gemacht, die zum einen mit doch allzu kontroversen Textstellen zu tun haben, auf die ich um des Friedens willen verzichtet habe, zum anderen wurden sie aus Gründen der Länge getätigt oder weil sie den Fluss, den Ablauf und den Rhythmus der Inszenierung beeinträchtigt hätten. Schauen ist etwas anderes als Lesen.

Die Leserinnen und Leser finden daher in diesem Buch die ungekürzte Originalversion. Am Anfang war das Wort. Und am Ende auch.

Personen

Jesus

APOSTEL:
Simon Petrus
Andreas (Bruder des Petrus)
Jakobus der Ältere
Johannes (Bruder des Jakobus, Söhne des Zebedäus und der Salome)
Philippus
Bartholomäus
Thomas
Levi-Matthäus (der Zöllner)
Jakobus der Jüngere (Sohn des Alphäus)
Judas Thaddäus
Simon der Zelot („Eiferer“)
Judas Iskariot

FRAUEN:
Maria (die Mutter Jesu)
Maria Magdalena
Maria (von Bethanien, die Frau Simons desAussätzigen)
Maria (die Frau des Kleopas)
Salome (die Frau des Zebedäus)

HOHER RAT:
Hannas (der frühere Hohepriester)
Kaiphas (der jetzige Hohepriester)
Nikodemus
Josef von Arimathäa
Jonathan

Alexander
Gad
Semes
Gamaliel
Jairus

1. Pharisäer
2. Pharisäer
3. Pharisäer

Malchus (Hauptmann der Tempelwächter)
1. Tempelwächter
Weitere Tempelwächter

Ehebrecherin
Besessener
Simon der Aussätzige
Pförtnerin
Magd

AM KREUZWEG:
Veronika
Simon von Cyrene
Frau
1. Mann
2. Mann

PARTISANEN:
Barabbas
Dismus (rechter Schächer)
Gismas (linker Schächer)

RÖMER:
Pontius Pilatus (Statthalter Roms)
Centurio
1. Soldat
2. Soldat
3. Soldat
4. Soldat
Weitere römische Soldaten

Herodes Antipas (Tetrarch von Galiläa)
Herodias (seine Frau)
Salome (die Tochter der Herodias)
Diener derselben

VOLK

1.
SONNTAG
JESU EINZUG IN JERUSALEM

Jesus reitet auf einem jungen Esel in Jerusalem ein. Das Volk bejubelt ihn, schwenkt Palmzweige. Kranke und Krüppel drängen sich um ihn, versuchen sein Kleid zu berühren, werden von den Jüngern etwas rüde zurückgedrängt.

Bei Jesus seine zwölf Apostel: Simon Petrus und sein Bruder Andreas, Jakobus der Ältere und sein Bruder Johannes (Söhne des Zebedäus und der Salome), Philippus und Bartholomäus, Thomas und der Zöllner Levi-Matthäus, Jakobus der Jüngere (Sohn des Alphäus) und Judas Thaddäus, Simon der Zelot („Eiferer“) und Judas Iskariot.
Ebenso bei Jesus die Frauen Maria Magdalena, Maria (die Mutter Jesu), Maria (die Frau des Kleopas), Salome (die Frau des Zebedäus), Maria (von Bethanien, die Frau Simons des Aussätzigen) und andere Frauen.
Abseits stehen empört Hannas (der frühere Hohepriester) und sein Schwiegersohn Kaiphas (der jetzige Hohepriester), geschützt von Mitgliedern der Tempelwache, sowie mehrere andere Mitglieder des Hohen Rates, darunter Nikodemus und Josef von Arimathäa, die beide Jesus kennen und von seiner Lehre beeindruckt sind. Auch Pharisäer sind anwesend.

Volk: Hoch! Hoch! Hoch!
Judas Iskariot: *(der politische Einpeitscher)* Freut euch, ihr Menschen auf dem Berg Zion, jubelt laut, ihr Einwohner von Jerusalem! Euer König kommt zu euch! Er ist gerecht und bringt euch Rettung. Und

doch kommt er nicht stolz daher, sondern reitet auf einem Esel, ja, auf dem Fohlen einer Eselin. *(Sach 9,9)* Hosanna dem Messias!
Hosanna dem Sohn Davids!

Volk: Hosanna! Hosanna dem Sohn Davids!
Gesegnet sei, der da kommt im Namen des Herrn!
Hosanna in der Höhe!

Hannas: Seid ihr verrückt geworden? Schweigt! Schweigt auf der Stelle! *(Zu Jesus:)* Jesus, bring deine Jünger zum Schweigen! *(Lk 19,39)*

Jesus: Wenn sie schweigen, werden die Steine schreien! *(Lk 19,40)*

Judas Iskariot: Gesegnet sei er, der da kommt im Namen des Herrn, der König Israels! *(Joh 12,13)*

Volk: Hosanna! Hosanna dem König!

Kaiphas: Das ist doch kein König! Das ist ein Bauarbeiter aus Galiläa! Wo die Heiden leben! Kam aus Galiläa jemals etwas Gutes?

Jesus: Ich bin der Bauarbeiter! Und ihr seid die Bauherren! Und jetzt frage ich euch, kennt ihr diesen Spruch? „Der Stein, den die Bauherren verworfen haben, er ist zum Eckstein geworden." *(Ps 118,22)* Jeder, der auf diesen Stein fällt, wird zerschellen; auf wen der Stein aber fällt, den wird er zermalmen! *(Lk 20,17–18)*

Hannas: Du bist nicht dieser Eckstein, Jesus von Nazareth!

Jesus: Jetzt wird Gericht gehalten über diese Welt; jetzt wird der Herrscher der Welt hinausgeworfen werden! Und ich, wenn ich über die Erde erhöht bin, werde alle zu mir ziehen! *(Joh 12,31–32)*

Volk: Hosanna! Hosanna dem König!

Judas Iskariot: *(zu den Hohenpriestern)* Merkt es euch gut! Ihr werdet zermalmt und zerschmettert!

Ihr Freunde Roms, ihr Kollaborateure, ihr Verräter am Volk Israel!

VOLK: Hosanna! Hosanna!

Jesus verschwindet mit seinen engsten Gefolgsleuten. Trompetensignale. Der römische Statthalter Pontius Pilatus zieht ein, getragen in einer Sänfte, begleitet von Soldaten, vorangetragen werden die römischen Hoheitszeichen. Das Volk geht zum Teil Jesus nach, zum Teil verharrt es und starrt stumm und feindselig auf die Römer. Manche wollen nicht Platz machen, die Soldaten drängen sie brutal zurück, schlagen auf sie ein.

CENTURIO: Platz da! Platz dem Statthalter Roms! Auf die Seite, Pöbel! Platz!

Die Hohenpriester nehmen Aufstellung, Pilatus steigt aus der Sänfte, schaut sich um, schaut die Hohenpriester an, wischt sich den Schweiß von der Stirn.

PILATUS: Ich weiß nicht, warum ich mir das jedes Jahr antun muss. In Caesarea weht immer eine kühle Brise von der See her ... Hier in Jerusalem ist es so stickig und das Blut eurer Opfertiere stinkt zum Himmel.

HANNAS: Du wirst bald oben in deinem Palast sein, Pontius Pilatus. Da weht auch eine kühle Brise.

PILATUS: Ist diese Volksversammlung zu meinen Ehren?

Die Hohenpriester antworten nicht.

PILATUS: Sieht nicht so aus. Warum seid ihr so undankbar, ihr Juden? Wir sind die Herren der Welt. Und überall in der Welt werden die Götter Roms angebetet. Nur in Israel nicht. Weil wir so großzügig sind. Zu euch Wolkenanbetern.

HANNAS: Weil wir uns lieber töten lassen als unseren Glauben aufzugeben. Das wisst Ihr.

PILATUS: Ja, das weiß ich. Aber ich fürchte, Rom wird es nicht mehr lange dulden, dass ihr unseren Göttern keine Opfer darbringt. Warum für euch eine Ausnahme machen? Wer seid ihr? Das auserwählte Volk? Rom ist auserwählt. *(Wütend:)* Rom ist auserwählt! Und eines Tages werden wir Euren prachtvollen Tempel da oben zerstören!

Kaiphas: *(besänftigend)* Wir opfern zwar nicht euren Göttern, aber wir opfern jeden Tag einen Stier zum Wohle des Kaisers und des römischen Volkes.

Pilatus: Seid nicht arrogant mit mir, ja? Du bist Hoher Priester von Roms Gnaden, Kaiphas! Ich kann dich heute noch absetzen, wenn ich will!

Kaiphas: *schweigt.*

Pilatus: Ich bringe deinen Ornat. Damit du vor eurer leeren Bundeslade deinen Zauber abziehen kannst.

Pilatus gibt ein Zeichen, zwei Sklaven übergeben Kaiphas sein zeremonielles Priestergewand (das die Römer verwahren), dieser übernimmt es.

Pilatus: Ich erinnere mich nicht mehr wirklich – was feiert ihr da, zu Pessach?

Kaiphas: Die Befreiung aus der ägyptischen Sklaverei.

Pilatus: Die Befreiung aus der ägyptischen Sklaverei ... Ammenmärchen! *(Schaut zum feindseligen Volk.)* Wie viele Pilger sind in der Stadt?

Kaiphas: Im Laufe der Woche werden es wohl an die 300.000 werden.

Pilatus: Ich erwarte Disziplin, meine Herren Hohenpriester. Und sobald es nur das kleinste Zeichen eines Aufruhrs gibt, wird euch Rom zeigen, wie es zur Weltmacht wurde. Ihr wisst, was letztes Jahr passiert ist!

Hannas: Das wissen wir, Pilatus. Deine Soldaten haben den Tempel entweiht. Sie haben vor dem Altar Aufständische aus Galiläa niedergemetzelt. Ihr Blut hat sich mit dem der Opfertiere vermischt. *(Lk 13,1–2)*

Der Kaiser hat uns die Unversehrtheit des Tempels garantiert!

Pilatus: Ich weiß schon, dass ihr euch beschwert habt. Ich bin Soldat, Hannas! Wo ich Aufständische finde, mache ich sie nieder. Hättet ihr sie nicht in den Tempel gelassen!

Kaiphas: Sie waren bewaffnet, was sollten wir tun? Wir haben Euch den Aufenthaltsort dieser Männer früh genug gemeldet. Ihr hättet sie vor dem Tempel abfangen können.

Pilatus: Und 300.000 Pilger am Hals haben? Wäre euch so ein Blutbad lieber gewesen? – Das war ein armseliges Häuflein von sieben Männern. War das nicht klüger?

Hannas: *(mit Überwindung)* Es war klüger.

Pilatus: Na, also. Hoffen wir, meine Herren, dass diesmal nichts passiert.

Kaiphas: Unsere Tempelpolizei wird auf Ordnung schauen, wie immer. Angriffe aus dem Hinterhalt können wir allerdings nicht verhindern. Für die Terroristen sind wir nicht zuständig. Das ist die Sache Roms.

Pilatus: Rom wird damit fertig, keine Sorge. Ich brauch jetzt ein Bad. *(Wendet sich ab und wieder zurück.)* Was ich noch fragen wollte, ich habe Jubel gehört, bevor ich hier ankam. Wem habt ihr denn zugejubelt?

Sie antworten nicht.

Pilatus: Soll ich mir ein paar Leute aus der Menge holen und sie befragen lassen?

Ein Murren geht von der Menge aus.

Kaiphas: Ich will Euch sagen, wer das ist. Ein Wanderprediger, ein Scharlatan, ein Volksverführer. Einer, der sich –

Erneutes Murren des Volkes, aber stärker anschwellend.

Kaiphas: Sein Name ist –

Das Murren wird so mächtig, dass Kaiphas verstummt.

Pilatus: Wird eine interessante Woche. *(Gibt ein Zeichen, steigt in seine Sänfte, beugt sich heraus.)* Sie sollen den Weg freimachen. Sonst tun es meine Soldaten.

Kaiphas: Macht Platz! Seid doch klug, macht Platz!

Der Zug der Römer setzt sich in Bewegung, das Volk macht Platz, weicht mit finsteren Blicken zurück, zerstreut sich.

2.
MONTAG
DIE TEMPELREINIGUNG

Jesus stürmt mit einer Geißel in den Tempel, verjagt die Opfertierhändler und Geldwechsler, wirft ihre Tische um. Bei ihm seine Jünger und Jüngerinnen, seine Mutter, Besucher des Tempels, Pharisäer.
Die Tempelbesucher sind konsterniert, weichen zurück.

Jesus: Was steht in der Schrift? Was steht in der Schrift? Mein Haus soll ein Haus des Gebetes sein! Ihr aber macht eine Räuberhöhle daraus! *(Mt 21,13; Jes 56,7)*

Petrus: Aber, Herr! Warum wütest du so? Das Geld muss umgewechselt werden! Wir können doch mit dem unreinen Götzengeld der Römer keine Opfertiere kaufen!

Jesus: Ich bin das Opfer, Petrus! Und ich koste nichts! Hinaus! Hinaus!

Johannes: Lass doch den armen Taubenhändler, Herr! Er verdient doch kaum etwas!

Judas Iskariot: Johannes hat recht! Die Hohenpriester sind es, die das ganze Geld einstecken, Kaiphas steckt es ein! Und er presst die Tempelsteuer aus uns heraus, und den jährlichen Zehent. Wir zahlen den Römern, und wir zahlen den Priestern! Wie sollen die armen Leute unten in der Stadt, wie sollen die Fischer und Bauern draußen am Land das schaffen?

Jesus: *(setzt sich erschöpft hin; schaut gen Himmel)* Der Eifer für dein Haus verzehrt mich. *(Ps 69,10)*

Maria Magdalena setzt sich zu ihm, legt den Arm um seine Schulter.

Maria Magdalena: Ich kenne dich gar nicht so zornig.

JESUS: *(ruft)* Kaiphas! Kaiphas! – Er kommt nicht, aber bald werde ich vor ihm stehen.

MARIA MAGDALENA: Draußen warten Kranke auf dich. – Ich weiß, du bist müde. Das ganze Elend der Welt kommt zu dir und will Heilung.

Die Pharisäer treten zu Jesus.

1. PHARISÄER: Mit welchem Recht tust du das alles? Wer hat dir dazu die Vollmacht gegeben? *(Mt 21,23)*

JESUS: Woher stammte die Taufe des Johannes? Vom Himmel oder vom Menschen? Wer hat ihm die Vollmacht gegeben? *(Mt 21,24)*

Die Pharisäer schauen sich an, schauen auf das Volk, haben Angst, weil das Volk Johannes den Täufer verehrt.

PHARISÄER: Wir wissen es nicht. *(Mt 21,27)*

JESUS: Amen, das sage ich euch: Zöllner und Huren gelangen leichter ins Himmelreich als ihr Schriftgelehrten. Denn Johannes ist gekommen, um euch den Weg der Gerechtigkeit zu zeigen, und ihr habt ihm nicht geglaubt; aber die Zöllner und Huren haben ihm geglaubt. *(Mt 21,31–32)*

1. PHARISÄER: Wir wissen, dass du dich gerne mit Sündern abgibst, Jesus aus Galiläa. Dazu hätten wir noch eine Frage.

Er gibt ein Zeichen, zwei Tempelwächter führen eine Frau herbei, die offensichtlich schon misshandelt wurde. Sie werfen die Frau Jesus vor die Füße.

1. PHARISÄER: Diese Frau wurde auf frischer Tat beim Ehebruch ertappt. Mose hat uns im Gesetz vorgeschrieben, solche Frauen zu steinigen. Nun, was sagst du dazu? *(Joh 8,3)*

Jesus steht auf, schaut die Frau an, geht zu den Pharisäern, schaut ihnen in die Augen, sie werden dadurch nervös.

JESUS: *(schaut auf das Volk)* Wer von euch ohne Sünde ist, werfe als erster einen Stein auf sie. *(Joh 8,7)*

Alle zögern, niemand antwortet. Die Frau schaut langsam auf, schaut Jesus an, schaut in die Runde.

JESUS: Was ist? Will niemand den ersten Stein werfen? Ihr seht doch den Splitter im Auge eures Nachbarn. Ihr seht aber nicht so gern den Balken in eurem eigenen Auge. So werft doch, ihr Gerechten.

Niemand reagiert.

JESUS: *(zur Frau)* Hat dich keiner verurteilt?

EHEBRECHERIN: Nein, Herr, keiner.

JESUS: Auch ich verurteile dich nicht. *(Legt ihr die Hand auf.)* Geh und sündige von jetzt an nicht mehr. *(Joh 8,10–11)*

Die Frau küsst seine Hand, steht auf und will gehen. Die zwei Tempelwächter wollen sie ergreifen, Jesus tritt dazwischen, schaut sie an. Die Wächter schauen zu den Pharisäern, einer gibt ein Zeichen, die Wächter treten zurück, lassen die Frau gehen.

EHEBRECHERIN: Danke, Herr. *(Geht weg.)*

2. PHARISÄER: Dürfen wir dich noch einmal um Rat fragen?

Jesus schaut sie an.

2. PHARISÄER: Wir wissen, dass du immer die Wahrheit sagst, ohne auf jemand Rücksicht zu nehmen. Sag uns also: Ist es nach deiner Meinung erlaubt, dem Kaiser Steuern zu zahlen, oder nicht?

JUDAS ISKARIOT: *(flüstert Jesus zu)* Die wollen dich reinlegen!

JESUS: Ich weiß, Judas. – Zeigt mir die Münze, mit der ihr eure Steuern bezahlt.

Die Pharisäer suchen in ihren Taschen, einer findet einen Denar, gibt ihn Jesus, dieser schaut die Münze an, zeigt sie ihnen.

JESUS: Wessen Bild und Aufschrift ist das?

1. PHARISÄER: Des Kaisers.

Jesus: So gebt dem Kaiser, was des Kaisers ist, und Gott, was Gott gehört. *(Mt 22,15–21)*

Er wirft ihnen die Münze zu.

2. Pharisäer: Darf ich noch eine Frage stellen, Meister? Welches Gebot im Gesetz ist das wichtigste?

Jesus: Du sollst den Herrn, deinen Gott, lieben mit ganzem Herzen, mit ganzer Seele und mit all deinen Gedanken. Ebenso wichtig ist das zweite: Du sollst deinen Nächsten lieben wie dich selbst. *(Mt 22,36–39)*

1. Pharisäer: Gut gesprochen, Nazarener. Daran halten wir uns. So trennt uns weniger, als wir dachten.

Jesus: Es trennt uns mehr, als ihr glaubt. Ihr sagt nämlich in Wahrheit: „Du sollst deinen Nächsten lieben und deinen Feind hassen." Ich aber sage euch: Liebt eure Feinde und betet für die, die euch verfolgen. Wenn ihr nämlich nur die liebt, die euch lieben, welchen Lohn könnt ihr dafür erwarten? Tun das nicht auch die Heiden? Und wenn ihr nur eure Brüder willkommen heißt, was tut ihr damit Besonderes? Tun das nicht auch die Heiden? *(Mt 5,43–47)* So sage ich euch, ihr sollt den Fremden, den Unbekannten, den Zufluchtsuchenden lieben wie euren Bruder, wie euren Nachbarn.

1. Pharisäer: Und so hast du auch den Sklaven eines Heiden geheilt, den Sklaven des Hauptmanns von Kapharnaum, einen Mann aus Afrika. *(Mt 8,5–13)*

Jesus: *(nickt)* Meinen Bruder. Wie ich euch gerade gesagt habe. Wir sind alle Brüder und Schwestern unter diesem Himmel.

2. Pharisäer: Draußen warten viele Heilung suchende Juden. Einer von ihnen verhält sich seltsam, alle haben Angst vor ihm. Würdest du ihm helfen wollen?

Jesus: *(ungehalten)* Ich muss euch bitten, mich nicht –

Aber der Pharisäer hat schon ein Zeichen gegeben, zwei Tempelwächter führen an Stricken einen gefesselten Mann herein, der „besessen" ist.

Besessener: *(zerrt an den Stricken, irrt herum)* Messias! Wo ist der Messias, dass ich ihn töten kann! Wo ist der Heilbringer? Da ist er! – Nein, da! – Messias, wo bist du? Da oben, am heiligen Ort, da steht der unheilvolle Gräuel! Sie haben dem heidnischen Gott Zeus einen Altar errichtet! In unserem Tempel! Ich sehe die große Not! Flieht in die Berge, Bewohner von Judäa! Wer auf dem Feld ist, soll nicht zurückkehren, um seinen Mantel zu holen! Wer gerade auf dem Dach steht, soll nicht mehr ins Haus gehen, um seine Sachen zu holen! Auf in die Berge! Wo ist der falsche Messias, der uns nicht rettet? Ah, er ist draußen in der Wüste? Glaubt das nicht! Denn wie der Blitz bis zum Westen hin leuchtet, wenn er im Osten aufflammt, so wird es bei der Ankunft des Menschensohnes sein! – Ich sehe nicht, ich bin blind! Wo ist der falsche Messias, dass ich ihn entlarven kann? *(siehe Mt 24,15–28)*

Bartholomäus: Ich treibe dir gleich deine Dämonen mit Ohrfeigen aus! Beleidige nicht unseren Herrn!

Jesus: Lass ihn, Bartholomäus, er hat Gesichter. Schau mich an, Bruder, hier bin ich! Meinst du mich mit dem falschen Messias?

Der Besessene hält unvermittelt inne, starrt Jesus an. Jesus kommt auf ihn zu, der Besessene weicht angstvoll zurück, bleibt dann stehen.

Besessener: *(erschreckt)* Bist du gekommen, um mich schon vor der Zeit zu quälen?

Jesus: Nein, Bruder.

Besessener: Was habe ich mit dir zu tun, Sohn Gottes? *(siehe Mt 8,29)*

3. Pharisäer: Seht ihr, die vom Satan Besessenen bezeichnen ihn als Sohn Gottes!

Jesus: Hab Vertrauen, deine Sünden sind dir vergeben.

Besessener: *(bricht weinend vor Jesus nieder)* Menschensohn!

1. Pharisäer: Der Nazarener lästert Gott! Nur Gott kann Sünden vergeben!

Jesus: Mein Vater hat mir die Vollmacht dazu gegeben.

2. Pharisäer: Gotteslästerer!

Das Volk murrt gegen die Pharisäer.

Jesus: Diese da, die Schriftgelehrten und Pharisäer, haben sich auf den Stuhl Mose gesetzt. Tut und befolgt also alles, was sie euch sagen, aber richtet euch nicht nach dem, was sie tun, denn sie reden nur, tun selbst aber nicht, was sie sagen. Sie schnüren schwere Lasten zusammen und schnüren sie euch auf die Schultern, wollen selber aber keinen Finger rühren, um die Lasten zu tragen. *(Mt 23,1–4)*

3. Pharisäer: Frechheit! Wir befolgen alle heiligen Vorschriften!

Jesus: Wehe euch, ihr Schriftgelehrten und Pharisäer, ihr Heuchler! Denn ihr lasst das Wichtigste im Gesetz außer Acht: Gerechtigkeit, Barmherzigkeit und Treue! Blinde Führer seid ihr: Ihr siebt Mücken aus und verschluckt Kamele! Wehe euch, ihr Schriftgelehrten und Pharisäer, ihr Heuchler! Ihr haltet Becher und Schüsseln außen sauber, innen aber sind sie voll von dem, was ihr in eurer Maßlosigkeit zusammengeraubt habt! *(Mt 23,23–25)* Wehe euch, denn ihr bringt die Witwen um ihre Häuser und verrichtet lange, scheinheilige Gebete! *(Mt 23,14)*

1. Pharisäer: Das reicht jetzt, du falscher Rabbi! Ungeheuerlich! Dafür wirst du büßen!

Das Volk murrt, rückt gegen die Pharisäer vor, diese ziehen sich zurück.

3. Pharisäer: Das wirst du büßen!

Jesus zieht den Besessenen hoch.

Besessener: Ich habe Angst vor dem Weltgericht, Herr.

Jesus: Hab keine Angst, Bruder. *(Zum Volk:)* Habt keine Angst, Brüder und Schwestern. Der König wird denen auf der rechten Seite sagen: Kommt her, die ihr von meinem Vater gesegnet seid, nehmt das Reich in Besitz, das seit der Erschaffung der Welt für euch bestimmt ist. Denn ich war hungrig, und ihr habt mir zu essen gegeben; ich war durstig, und ihr habt mir zu trinken gegeben; ich war fremd und obdachlos, und ihr habt mich aufgenommen; ich war nackt, und ihr habt mir Kleidung gegeben, ich war krank, und ihr habt mich besucht; ich war im Gefängnis, und ihr seid zu mir gekommen. Dann werden ihm die Gerechten antworten: Herr, wann haben wir dich hungrig gesehen und durstig, fremd und obdachlos, nackt, krank und im Gefängnis? Darauf wird der König ihnen antworten: Was ihr für den geringsten meiner Brüder getan habt, das habt ihr mir getan. *(Mt 25,34–40)*

3.
MITTWOCH
DAS GASTMAHL IN BETHANIEN

Simon der Aussätzige, seine Frau Maria, Jesus, die Apostel (ausgenommen Judas Iskariot), Maria (Mutter Jesu), Maria Magdalena, Salome, Maria (die Frau des Kleopas).

SIMON: Rabbi, ich danke dir, dass du bei mir zu Gast bist. Du siehst einen glücklichen Mann vor dir, einen neu Geborenen.

MARIA VON BETHANIEN: Schau ihn an, Meister! Seine Haut ist ganz gesund und rein. Und hatte doch diesen schrecklichen Aussatz und musste in den Höhlen leben, bei den Elenden und Unreinen. Du hast ihn mir wiedergegeben. Mir und den Kindern.

JESUS: Dein Glaube hat dir geholfen, Simon.

SIMON: Jetzt darf ich zu Pessach in den Tempel. So sehr habe ich mir das gewünscht.

MARIA VON BETHANIEN: Der Heiland der Welt bist du.

Sie nimmt ein Alabastergefäß, salbt damit Jesu Gesicht, seine Hände, zuletzt seine Füße. (Mt 26,6–13)

SIMON: Was für einen Sohn hast du hervorgebracht, Maria aus Nazareth! Du musst die edelste aller Frauen sein!

MUTTER MARIA: Ich bin nur das Gefäß, und manchmal droh ich zu zerspringen.

Andreas nimmt das Alabastergefäß, riecht daran.

ANDREAS: Das ist Nardenöl, mindestens dreihundert Denare wert.

SIMON DER ZELOT: Man hätte es verkaufen und das Geld den Armen geben können.

Maria Magdalena: Denkt nicht immer ans Geld, ihr Männer.

Levi-Matthäus: Er sagte, für die Armen, Maria Magdalena!

Maria Magdalena: Vielleicht salbt sie den König, Matthäus?

Judas Thaddäus: Verschwendung! Unser Herr legt keinen Wert auf so etwas. Nicht wahr, Meister?

Maria von Bethanien: *(hört auf)* Verzeih, Herr.

Jesus: Warum kränkt ihr diese Frau? – Es tut mir gut, mach nur weiter. Ich bin einen langen Weg umhergewandert, in Galiläa und Judäa, meine Füße sind etwas mitgenommen. Der Esel war nur für den Einzug in Jerusalem, ein König *(lächelt)* kann ja nicht gut zu Fuß kommen, nicht wahr? *(Schaut die Jünger an.)* Ja, eure Füße sind auch voller Risse und Schwielen, ich weiß. Ihr kommt auch noch dran. Du tust ein gutes Werk an mir, Maria von Bethanien. Du salbst meinen Leib für das Begräbnis.

Jakobus der Ältere: Was redest du da, Herr?

Philippus: Rabbi! Das meinst du doch nicht im Ernst?!

Jesus: Ihr wisst, in zwei Tagen beginnt das Pessachfest. Da wird der Menschensohn an die Menschen ausgeliefert und ans Kreuz genagelt werden. *(Mt 26,2)*

Die Jünger und die Frauen erstarren.

Mutter Maria: *(stöhnt auf)* Nein! Nicht das! Mein Kind, nicht das!

Simon Petrus: Wir wissen, Herr, sie trachten dir nach dem Leben. Aber wir werden das nicht zulassen. Niemals!

Thomas: Ich glaube, sie wagen es gar nicht.

Jakobus der Jüngere: Nein, niemals! Denk daran, wie das Volk dich bejubelt hat!

Jakobus der Ältere: Nicht nur wir, das ganze Volk wird dich schützen!

Jesus: Es geschieht, was geschehen muss. Und ich bitte euch, bewahrt diese Worte in eurem Herzen, und gebt sie weiter, weil mir Folgendes viel bedeutet: Ihr wisst, dass die Herrscher ihre Völker unterdrücken und die Mächtigen ihre Macht über die Menschen missbrauchen. Bei euch soll es nicht so sein, sondern wer bei euch groß sein will, der soll euer Diener sein, und wer bei euch der Erste sein will, soll euer Sklave sein. Denn auch der Menschensohn ist nicht gekommen, um sich dienen zu lassen, sondern um zu dienen und sein Leben hinzugeben als Lösegeld für viele. *(Mt 20,25–28)*

Da die Apostel sich schwertun mit dieser Forderung Jesu und daher nicht gleich antworten, tut dies Maria Magdalena.

Maria Magdalena: Wir werden deine Worte bewahren und weitergeben, Rabbi.

Simon Petrus: Wir Jünger des Herrn werden das weitergeben, nicht du, Frau.

Jesus: Hörst du mir nicht zu, Petrus? Wer sich selbst erhöht, wird erniedrigt werden. *(Mt 23,12)* Erhöhe dich auch nicht über die Frau. Sie ist deine Mutter, deine Schwester, deine Gattin, deine Tochter. All die Frauen hier sind meine Jüngerinnen, genauso viel wert wie du. Benimm dich nicht wie die alten Männer im Tempel da oben, Petrus. Die mir vorwerfen, dass ich mit Sünderinnen unterwegs sei. Weil für sie jede Frau eine Sünderin ist. Und unrein, wenn sie blutet. Ohne Blut kein Leben. Leben ist heilig. Gebenedeit sei die Frau. Gebt auch das weiter.

Maria Magdalena: Ich wollte keinen Unfrieden schaffen.

Simon Petrus: Warum liebst du sie mehr als uns?

Jesus: Warum liebt sie mich mehr als ihr?

Petrus schweigt.

Jesus: Petrus, mein Fels, auf den ich meine Kirche baue, enttäusche mich nicht.

Simon Petrus: Verzeih, Herr, ich bin ein Mann.

Jesus: *(lächelnd)* Und was bin ich?

Judas Iskariot kommt herein mit Barabbas, Dismus und Gismas (letztere beiden werden neben Christus am Kreuz hängen).

Judas Iskariot: Jesus, die Zeit ist gekommen! Du, der Messias, der Retter, wirst uns anführen! Ganz Israel steht hinter dir!

Simon Petrus: Wer sind diese Leute, Judas?

Barabbas: Wir können selbst reden, Simon Petrus. Ich bin Barabbas, der Partisanenführer! Und diese da sind Dismus und Gismas, meine Brüder! Wir sind der rächende Arm des Volkes Israel! *(Reckt sein Schwert in die Höhe.)*

Jesus: Seid ihr voller Blut?

Die drei schauen an sich hinunter, schauen ihre Hände an.

Dismus: Jetzt nicht mehr, wir haben das Blut abgewaschen!

Gismas: Viel Blut, Meister, zwölf Römer sind gefallen. Wir drei gegen die zwölf!

Barabbas: Aber das sind nur Nadelstiche, Jesus; das ganze Volk muss aufstehen!

Simon der Zelot: Ja, das ganze Volk! Du hast es gesehen am Sonntag, Meister, beim Einzug in Jerusalem, du hast den Jubel gehört! Ein Wort von dir und der Aufstand bricht los!

Judas Iskariot: Wenn du uns anführst, werden wir Israel befreien!

Levi-Matthäus: Judas, wie redest du zu unserem Herrn? Hast du denn gar nichts verstanden? Hast du unserem Meister nicht zugehört?

Judas Iskariot: Du halt den Mund, Levi-Matthäus! Zöllner! Kollaborateur! Du hast ein Vermögen verdient, an der Zollstation von Kapharnaum! Ein Vermögen, das du unseren Fischern und Bauern abgeknöpft hast! Wie viel davon hast du abgeliefert an den Römerknecht Herodes Antipas?

Levi-Matthäus: Es tut mir leid, das war falsch, ich weiß es! Ich habe alles an die Armen verschenkt und bin dem Herrn nachgefolgt!

Barabbas: Jesus von Nazareth, gehst du uns voran? Wir folgen dir bis in den Tod!

Jesus: Du nicht, Barabbas.

Simon Petrus: Seid ihr wahnsinnig geworden, Judas?

Judas Iskariot: Herr, du hast es doch selbst gesagt! „Ich bin nicht gekommen, den Frieden zu bringen, sondern das Schwert!" *(Mt 10,34)* Hast du das gesagt oder nicht?

Jesus: *(verzweifelt)* Ich bin ein Mensch, und manchmal fällt es mir schwer, den Weg zu gehen, der mir vorbestimmt ist, mit offenen Augen.

Simon Petrus: Ich habe ein Schwert, Judas, da, schau! *(Zieht es hervor.)* Um unseren Herrn zu verteidigen, wenn es notwendig ist! Aber nicht für einen Aufstand! Wie stellt ihr euch das vor! Wir gegen 12.000 schwer bewaffnete Römer?

Barabbas: Wir sind mindestens 30.000, Simon Petrus, was redest du da? Sei nicht so kleinmütig!

Andreas: In einer Woche sind die Legionen aus Syrien da, Barabbas! Abertausende! Kannst du dich noch erinnern, wir waren halbe Kinder, da haben die

Römer auf der Straße von Nazareth nach Sepphoris 20.000 Aufständische gekreuzigt!

Barabbas: Glaubst du, ich hab das vergessen, Andreas? Einer von den 20.000 war mein Vater!

Thomas: Barabbas! Wir verstehen doch deine Verbitterung, deinen Hass! Aber du kannst jetzt keinen Aufstand entfachen! Doch nicht jetzt, wo die Stadt voller Pilger ist. Pilatus wird auch sie abschlachten. Ich bitte dich, kein Blutbad zu Pessach!

Simon Petrus: Genug jetzt! Das ist ungeheuerlich! Du bringst unseren Meister in Gefahr, Judas! Du nimmst jetzt deine Leute und gehst!

Judas Iskariot: „Jetzt wird der Herrscher dieser Welt hinausgeworfen werden!“ Das hast du beim Einzug gesagt, Herr! Jesus Christus! Steh endlich auf!

Jesus: *(steht auf)* In Jerusalem und im ganzen Land beseitige ich, der Herr, die Streitwagen, die Kriegspferde und alle Waffen. Euer König stiftet Frieden unter den Völkern, seine Macht reicht von einem Meer zum andern, vom Euphrat bis zum Ende der Erde. *(Sach 9,10)*

Judas Iskariot: „Jetzt wird der Herrscher dieser Welt hinausgeworfen werden!“, hast du gesagt! Und das ist Rom!

Jesus: *(setzt sich wieder)* Der Herrscher der Welt ist das Böse, die Rachsucht, die Habgier.

Barabbas: Du hast gesagt, du bringst das Reich Gottes! Und das Reich Gottes kommt nicht ohne den Untergang Roms!

Jesus: Das Reich Gottes ist schon da, mitten unter uns. Das römische Reich wird untergehen wie jedes andere auch. Keines währt tausend Jahre. Israel aber wird nicht untergehen. Was immer sie uns antun.

Gismas: Jetzt wissen wir, was du bist, Jesus. Ein Schwächling. – Barabbas, Dismus, wir haben hier nichts mehr verloren.

Barabbas: *(zu Jesus)* Wir werden den Israeliten berichten, dass sie am Sonntag dem falschen Messias zugejubelt haben! Verlass dich drauf! Sie werden dich verfluchen! *(Hebt das Schwert.)* Nieder mit Rom!

Dismus und Gismas: *(heben die Schwerter)* Nieder mit Rom!

Barabbas, Dismus und Gismas gehen weg.

Gismas: *(dreht sich um)* Judas! Du kommst nicht mit?

Judas Iskariot: Ich muss noch mit dem Herrn reden, Gismas.

Die drei entfernen sich.

Judas Iskariot: *(zu Jesus)* Ich versteh dich nicht!

Jesus: Du wirst mich verstehen, Bruder.

Judas Iskariot: Du hast unzählige Wunder gewirkt, du hast 5.000 Menschen gespeist mit fünf Broten und zwei Fischen, du heilst die Lahmen, die Blinden und die Verrückten – du nimmst es doch auch mit den römischen Legionen auf! Liegt dir nichts an unserem Volk?

Jesus: Ich habe dir meine Antwort schon gegeben, Bruder Judas.

Judas Iskariot: *(starrt ihn an; dann)* Dann werde ich dich zwingen! *(Geht weg.)*

Thomas: Warum hast du den da aufgenommen, in den Kreis der Jünger? Ich versteh dich nicht, Herr.

Simon der Zelot: Weil er ein Patriot ist, Thomas! Weil er bereit ist, für Zion sein Leben zu lassen!

Jesus: Ich habe Judas Iskariot aufgenommen, weil er die schwierigste Aufgabe von euch allen hat.

Sie verstehen ihn nicht.

Mutter Maria: Mein Sohn, mir wird so bang. Kann ich dich sprechen?

4.
MITTWOCHNACHT
ABSCHIED JESU VON SEINER MUTTER

Die Mutter Maria steht da, Jesus kommt zu ihr.

JESUS: Mutter?
MUTTER MARIA: Bin ich das? Deine Mutter?
JESUS: Freilich bist du das.
MUTTER MARIA: Ich komme mir benutzt vor. Warum wurde nicht eine andere genommen? Weil ich aus dem Hause Davids bin? Damit die Schrift erfüllt wird? Bin ich aus dem Hause Davids?
Jesus schaut sie nur an.
MUTTER MARIA: Ich habe nie mit dir darüber gesprochen, Jesus. Dein Vater Josef, dein Adoptivvater, muss ich wohl sagen; er ruhe sanft in Abrahams Schoß, er war zutiefst verletzt, als er merkte, dass ich schwanger war; ich, seine Verlobte, die er nicht angerührt hatte. Er hätte mich steinigen lassen können. – Aber er nahm die Schuld auf sich; hatte er eben noch vor der Heirat das Bett mit mir geteilt. Er nahm mich zur Frau. Und schlief nicht mit mir, bis das Kind da war. *(Mt 1,25)* Bis du da warst. Ich habe ihm noch sechs weitere Kinder geschenkt. Und beide haben wir dich oft nicht verstanden, beiden warst du uns unheimlich, verzeih, wenn ich das sage. Als wir dich einmal nach tagelanger verzweifelter Suche im Tempel fanden, in eifriges Gespräch mit den Rabbis vertieft, und ich zu dir sagte: „Kind, wie konntest du uns das antun?", da sagtest du nur: „Warum habt ihr mich gesucht? Wusstet ihr nicht, dass ich in dem sein muss, was meines Vaters ist?" Da warst du zwölf Jahre alt. *(Lk 2,41–49)*

Und später, als du schon umherzogst, da wollte ich dich einmal besuchen, mit deinen Brüdern. Aber wir konnten nicht zur dir hin, weil du von so vielen Menschen umringt warst. Und ich ließ dir ausrichten, dass wir da sind. Aber du sagtest: „Meine Mutter und meine Brüder sind die, die das Wort Gottes hören und danach handeln.“ *(Lk 8,19–21)*

JESUS: Tut mir leid, Mutter.

MUTTER MARIA: *(aufgebracht)* Ich habe dich unter Schmerzen geboren wie jede andere Frau auch! In einer Höhle in Betlehem, in einem schmutzigen Stall! Kein Wunder, dass dir die Schriftgelehrten nicht glauben. Kommt der Messias in einem Stall zur Welt?

JESUS: *(lächelnd)* Ja, das tut er. Als Ärmster unter den Armen.

MUTTER MARIA: Als du acht Tage alt warst, haben wir dich beschneiden lassen, und dann sind wir nach Jerusalem gegangen, um dich im Tempel dem Herrn zu weihen. Es lebte hier ein alter Mann namens Simeon, der gerecht und fromm war und auf die Rettung Israels wartete. Und es war ihm offenbart worden, er werde den Tod nicht schauen, ehe er den Messias gesehen habe. Als wir dich nun in den Tempel brachten, nahm Simeon dich in die Arme und pries Gott mit den Worten: „Nun lässt du, Herr, deinen Knecht, wie du gesagt hast, in Frieden scheiden. Denn meine Augen haben das Heil gesehen, das du vor allen Völkern bereitet hast, ein Licht, das die Heiden erleuchtet, und Herrlichkeit für dein Volk Israel.“ Und zu mir gewendet sagte er: „Dir selbst aber wird ein Schwert durch die Seele dringen.“ *(Lk 2,22–35)* *(Sie beginnt zu weinen.)*

Jesus umarmt sie.

Mutter Maria: *(nach einer Weile)* Muss das sein? Muss das wirklich sein, mein Sohn?

Jesus: Es muss sein, Mutter.

Mutter Maria: Ich verstehe den Sinn nicht.

Jesus: Ich verstehe den Sinn manchmal auch nicht, Mutter. Ich bin ein Mensch, ich bin so gern ein Mensch, mit allem, was dazugehört. Weißt du, *(lächelt)* die Pharisäer bezeichnen mich als Fresser und Säufer *(Mt 11,19)*, weil ich so gerne mit Menschen an einem Tisch sitze und mit ihnen esse und trinke und lache. – Es ist wohl seine übergroße Liebe. Dass er seinen Sohn opfert, damit er hinwegnimmt die Sünden der Welt.

Mutter Maria: Wie antwortete ich dem Engel? „Ich bin die Magd des Herrn; mir geschehe, wie du es gesagt hast." *(Lk 1,38)* Die Magd war vierzehn Jahre alt.

Jesus: Diese Magd ist die Tochter des Mondes, die ihren Fuß auf den Drachen setzt.

Mutter Maria: Bin ich das, mein Sohn? Willst du mich so trösten?

Jesus: *(nickt; dann)* Als der Drache erkannte, dass er auf die Erde gestürzt war, verfolgte er die Frau, die den Sohn geboren hatte. Aber der Frau wurden die beiden Flügel des großen Adlers gegeben, damit sie in die Wüste an ihren Ort fliegen konnte. Dort ist sie vor der Schlange sicher und wird eine Zeit und zwei Zeiten und eine halbe Zeit lang ernährt. Die Schlange spie einen Strom von Wasser aus ihrem Rachen hinter der Frau her, damit sie von den Fluten davongerissen werde. Aber die Erde kam der Frau zu Hilfe; sie öffnete sich und verschlang den Strom, den der Drache aus seinem Rachen gespien hatte. Da geriet der Drache in Zorn über die Frau, und er ging fort, um Krieg zu führen mit ihren übrigen Nachkommen, die den Geboten Gottes gehorchen und an dem Zeugnis für Jesus festhalten. *(Offb 12,13–17)*

Jesus kniet sich vor seiner Mutter nieder. Sie birgt seinen Kopf an ihrem Schoß.

5.
MITTWOCHNACHT
DIE ENTSCHEIDUNG DES HOHEN RATES
JUDAS BIETET SICH ALS VERRÄTER AN

Hannas, Kaiphas, Nikodemus, Joseph von Arimathäa, Jonathan, Alexander, Semes, Gamaliel, Jairus, Gad, drei Pharisäer.

Kaiphas: Was sollen wir tun? Was schlagt ihr vor?

1. Pharisäer: Er beleidigt uns in einem fort! Und alle Welt läuft ihm nach!

Nikodemus: Worüber seid ihr beleidigt?

2. Pharisäer: Er beschimpft uns als Heuchler, er behauptet, wir würden dem Volk unnötige Lasten aufladen, uns selber aber nicht an die Vorschriften halten! *(Mt 22,4)*

Nikodemus: Ich habe es gehört.

1. Pharisäer: Ja, also!

Nikodemus: Es haben sich im Laufe der Zeit 613 Vorschriften angesammelt. Wer, ihr Pharisäer, kann 613 Vorschriften einhalten?

Josef von Arimathäa: Nikodemus hat recht. Dieser Mann handelt nur nach zwei Vorschriften: Liebe Gott, und liebe deinen Nächsten.

Kaiphas: Er wirft uns Geldgier vor, und die Ausbeutung der Gläubigen!

Nikodemus: Ja, so ein Tempelbetrieb kostet Geld. Darum die Kirchensteuer. Er hält das für überflüssig.

Hannas: Sollen wir den Tempel abreißen und in einer Laubhütte beten?

Josef von Arimathäa: Das wäre ihm wohl am liebsten. Jede Pracht ist ihm zuwider. *(Greift an das prächtige Gewand von Hannas.)*

Kaiphas: Sollen wir die Macht Gottes in Fetzen repräsentieren? So wie er mit seinen Bettlergestalten? Mit seinen arbeitsscheuen Fischern und Bauern! Keiner von denen kennt die heilige Schrift!

Nikodemus: Das ist nicht wahr. Wir sind das Volk der Schrift. Jeder Jude kennt die heiligen Bücher. Auch die Jünger Jesu. Und vielleicht erfüllt er die Schrift.

3. Pharisäer: Er ist nicht der Messias!

Hannas: Aber das Volk hält ihn dafür. Das ist das Problem. Sie halten ihn für ihren Retter. König der Welt und König des Himmels. Und damit kommen wir in Teufels Küche. Wenn er der König des Himmels ist, sind wir Hohenpriester, wir Schriftgelehrten überflüssig. Und wenn er der König der Welt ist, wird das Volk mit ihm an der Spitze aufstehen gegen die Römer. Was wird das für Folgen haben?

Kaiphas: Rom wird unser Volk töten. Das wird die Folge sein. Und das müssen wir verhindern. Es ist besser, wenn ein einziger Mensch für das Volk stirbt, als wenn das ganze Volk zugrunde geht. *(Joh 11,50)*

Schweigen.

Josef von Arimathäa: Ihr wollt ihn töten?

Kaiphas: Wir müssen ihn töten.

Nikodemus: Dann tötet ihr einen Gerechten, wisst ihr das?

Kaiphas: Wenn er ein Gerechter ist, wird er es wissen und sich opfern.

Josef von Arimathäa: Das ist ziemlich kaltschnäuzig, Kaiphas. Warum opfern eigentlich wir uns nicht? Ich sage es dir: Weil wir Politiker sind. Früher hat das Volk den Hohen Rat gewählt. Das waren immer weise Männer. Jetzt wählt Rom den Hohen Rat. Und wen wählt Rom? Willfährige Männer. Wir sind nicht mehr weise, sondern berechnend.

Hannas: Das verbitte ich mir!

Nikodemus: Es ist doch die Wahrheit, Hannas. Dein Haus beherrscht Jerusalem. Ausschließlich deine Familie stellt die Hohenpriester. *(Apg 4,6)* Zuerst hast du geherrscht, Hannas, und dann hast du das Amt deinem Schwiegersohn Kaiphas zugeschanzt. Hat das nicht vielleicht auch mit Pfründen zu tun? Lebst du nicht in einem Palast? So wie auch du, Kaiphas?

Kaiphas: Du kannst gehen, du bist aus dem Hohen Rat entlassen.

Nikodemus: Du kannst mich nicht entlassen. Das kann nur Pontius Pilatus. Solange ich kann, werde ich diesen Jesus schützen. Dann verzichte ich auf mein Amt. Der Allmächtige steh euch bei und sein Geist erleuchte euch.

Er geht.

Josef von Arimathäa: Kaiphas, Hannas, Schriftgelehrte! Wir sollten in uns gehen und nach dem letzten Funken Weisheit suchen. Vielleicht bringen wir ihn wieder zum Glimmen. Vielleicht kommen wir dann zur Einsicht, dass wir diesen Jesus nicht opfern sollten.

Hannas: Du hast schon recht, Josef von Arimathäa, wir sind Politiker. Was können wir anderes sein, in diesen Zeiten?

Josef von Arimathäa: Tut es nicht, ich bitte euch. Unser ganzes Volk würde dafür bezahlen müssen.

Auch er geht.

Judas wird von zwei Tempelwächtern hereinbegleitet.

1. Tempelwächter: Hohe Herren, dieser Mann behauptet, er sei ein Jünger des Galiläers und will euch unbedingt etwas sagen. Er lässt sich nicht abweisen.

Hannas: Ein Jünger Jesu will uns etwas sagen? So spät in der Nacht? Wer bist du?

Judas Iskariot: Judas Iskariot.

Kaiphas: Dein Name ist mir bekannt.

Gibt den Wächtern ein Zeichen, diese ziehen sich zurück.

Kaiphas: Was können wir für dich tun, Judas?

Judas Iskariot: Ihr könnt nichts für mich tun, Kaiphas, Hoherpriester.

Kaiphas: Dann willst du etwas für uns tun?

Judas Iskariot: So ist es.

Kaiphas: Und was wäre das?

Judas Iskariot: Ich liefere euch meinen Herrn aus. Jesus von Nazareth.

Sie starren ihn überrascht an, schauen sich gegenseitig an.

Hannas: Und warum willst du das tun?

Judas antwortet nicht.

Kaiphas: Sag es uns! Warum willst du deinen Herrn verraten?

Judas Iskariot: Das soll euch nicht kümmern.

1. Pharisäer: Es kümmert uns aber. Hat er dich gekränkt?

Judas Iskariot: Nicht nur mich.

Hannas: Willst du es uns nicht sagen?

Judas schweigt.

Kaiphas: Wir können dich auch verhaften. Ihr steht alle auf der Liste. Alle zwölf.

Judas Iskariot: Dann verhaftet mich.

Sie schauen ihn an.

Judas Iskariot: Wollt ihr ihn oder nicht? Ich habe nicht viel Zeit, hohe Herren. Und ich rede an sich nicht gern mit Freunden der Römer.

Hannas: Wir haben es schon gehört. Du bist ein Hitziger.

Judas wendet sich verärgert ab.

Kaiphas: Bleib doch, Freund! Sei nicht so schnell beleidigt.

Judas dreht sich wieder um.

Kaiphas: Hast du finanzielle Probleme?

Judas Iskariot: Nein, hab ich nicht.

2. Pharisäer: Also für Geld tust du es auch nicht?

Judas Iskariot: Nein.

Kaiphas: Na gut, welche Gründe du auch immer hast, wir wollen ihn. Wir wollen ihn unauffällig, wir wollen ihn des Nachts, damit das Volk ihm nicht beisteht. Kein Aufruhr, das ist das Wichtigste!

Judas Iskariot: Ich liefere ihn euch unauffällig.

Kaiphas: Wann?

Judas Iskariot: *(alles fällt ihm sehr schwer)* Morgen in der Nacht. Er sucht jede Nacht einen Garten auf. Gethsemane. Dort verbringt er Stunden im Gebet.

Kaiphas: Allein?

Judas Iskariot: Seine engsten Jünger begleiten ihn meistens.

Hannas: Gut. Wir geben dir einen Trupp von den Tempelwächtern mit, morgen Nacht.

Judas Iskariot: Nein, ich geh da nicht hin!

Hannas: Was soll das? Die Wächter kennen ihn nicht. Und selbst wenn sie ihn kennen, es ist Nacht, und daher dunkel. Du wirst uns deinen Herrn schon bezeichnen müssen.

Judas Iskariot: (nach einer Weile) So sei es. Was werdet ihr mit ihm tun?

Kaiphas: Du weißt, was wir mit ihm tun werden.

Judas Iskariot: Kann ich jetzt gehen?

Kaiphas: Du bist entlassen.

Judas wendet sich ab.

Kaiphas: Nein, warte.

Wirft Judas einen Beutel mit Geld zu, Judas fängt den Beutel auf, schaut Kaiphas fragend an.

Kaiphas: Für deine Auslagen.

Judas Iskariot: Ich sagte, es geht nicht um Geld.

Kaiphas: Nimm es, sei so gut. Ein Verräter, der kein Geld nimmt, wäre mir unheimlich. Würde mich beunruhigen.

Judas Iskariot: *(nach einer Weile)* Gut, ich nehm es. Damit kann man einen Pflug kaufen. Oder zehn Schwerter.

Kaiphas: Ganz wie es dir beliebt.

Judas geht weg, die zwei Wächter begleiten ihn.

Hannas: Ein interessanter Verräter. Ich würde schon gerne wissen, warum er es macht.

Kaiphas: Seine Gründe spielen keine Rolle, Hauptsache, er liefert ihn aus. – Meine Herren, wir müssen die Sache bis Freitag um sechs am Abend erledigt haben. Dann ist Sabbat und am Sonntag Pessach.

Hannas: Wir brauchen Pilatus. Ich werde ihn verständigen lassen.

Kaiphas: Sieben Uhr früh. Sonst geht sich das nicht aus. Außerdem sind um sieben noch kaum Leute unterwegs. Die Tempelwache soll den Eingang sperren, zur Vorsicht, falls Anhänger von ihm hineinwollen. Wir lassen nur unsere Leute in den Innenhof zu Pilatus. Leute, die wir präparieren, falls Pilatus Probleme macht.

Hannas: Was sollte er uns für Probleme machen? Es geht um einen Aufrührer.

Kaiphas: Du weißt, er hasst uns. Er verachtet uns. Wenn er uns Probleme machen kann, dann tut er es.

Hannas: Er sitzt auf einem wackligen Stuhl. Rom ist nicht gut auf ihn zu sprechen. Der macht uns keine Probleme.

6.
DONNERSTAGABEND
ABSCHIED JESU VON MARIA MAGDALENA

JESUS: Das ist unsere letzte Nacht, Maria Magdalena, meine geliebte Jüngerin.

MARIA MAGDALENA: *(geht verzweifelt herum)* Ich halte das nicht aus!

JESUS: Ich werde am dritten Tage auferstehen.

MARIA MAGDALENA: Warum soll ich das glauben?

JESUS: Ich sage es dir.

MARIA MAGDALENA: Aber du wirst nicht bei mir sein! Du wirst nicht mit mir zusammen sein!

Er geht zu ihr und umarmt sie. Sie umarmt ihn ebenfalls, geht dann aufschluchzend weg.

JESUS: Mach es mir nicht so schwer.

MARIA MAGDALENA: Du machst es mir schwer! – Du kannst jetzt noch fliehen, mit mir. Gehen wir nach Ägypten! Du warst schon einmal in Ägypten, als Kind. – Lass uns heiraten. Ein guter Jude muss verheiratet sein. – Du bist doch ein Mensch! Dann sei ganz Mensch, mit allem, was dazugehört! Auch die Liebe gehört dazu, die Liebe zwischen Mann und Frau! – Lass uns ein Kind haben, Jesus! Ein guter Jude hat Kinder!

JESUS: Ich bin das Kind.

Sie setzt sich verzweifelt nieder, weint.

JESUS: Du musst mein Wort weitertragen. Sonst werden es nur die Männer weitertragen. Und nur Männer werden am Altar stehen. *(Er geht zu ihr, zieht sie hoch, schaut sie an.)* Ich bitte dich, sei tapfer.

MARIA MAGDALENA: Ich werde es versuchen, Rabbuni. *(„Geliebter Meister“)*

Jesus: Nicht nur versuchen – tun. Sei die Tapferste der Tapferen. Man wird dich nämlich verleumden, man wird dich zur Sünderin stempeln, zur Besessenen mit den sieben Dämonen im Leib. All das, weil du eine Frau bist. Und so wird man die Frauen von meiner Nachfolge ausschließen. Darum kämpfe und sei tapfer. Du bist die Apostelin der Apostel.

7.
DONNERSTAGABEND
DAS LETZTE ABENDMAHL

Die zwölf Apostel lagern sich am Tisch. In der Mitte Jesus. Maria Magdalena steht im Halbdunkel abseits.

Jesus: Judas, machst du Platz?

Judas schaut ihn irritiert an. Jesus winkt Maria Magdalena, sie kommt her, Jesus deutet neben sich, Maria setzt sich, Judas rückt zur Seite. Die Apostel schauen überrascht und missgestimmt, schauen sich gegenseitig an. Nur Johannes lächelt Maria zu.

Jesus: *(lächelnd)* Willst du etwas sagen, Petrus, mein Fels?

Simon Petrus: Herr, verzeih, aber das hat es noch nie gegeben.

Jesus: Ich weiß. Zeit wird's.

Andreas: Wir sind alle verheiratet, Herr, außer Johannes, aber unsere Frauen sind auch nicht hier. Wir haben sie deinetwegen verlassen.

Johannes: Übertreib nicht, Andreas, ihr habt eure Frauen immer wieder gesehen, in den letzten drei Jahren, und sie haben euch immer wieder besucht. Und jetzt essen sie im Nebenraum; deine Frau, Petrus, meine Mutter Salome und andere.

Jesus: Soll ich sie hereinholen, Petrus? Ich wollte euch nur nicht überfordern.

Maria Magdalena: Ich will euch auch nicht überfordern, ihr Männer. *(Sie steht auf.)*

Levi-Matthäus: *(aufgebracht)* Wenn der Herr sie für würdig hält, wer seid ihr, sie zurückzuweisen!

Simon Petrus: Das hat es noch nie gegeben! Eine Frau hat nicht das Recht zu lernen, und sie hat schon gar nicht das Recht zu lehren! Verzeih, Herr!

Jesus: Hört, was ich sage, ihr Männer. Wenn ihr zwei zu einem macht, und wenn ihr das Innere wie das Äußere macht und das Äußere wie das Innere, und das, was oben ist wie das, was unten ist, und wenn ihr das Männliche und Weibliche zu einem Einzigen macht, damit nicht männlich männlich und weiblich weiblich sei, dann werdet ihr in das Königreich eingehen. *(Th 22)*

Simon Petrus: *(versteht das nicht; verärgert zu Maria)* Setz dich, Schwester! Ja, setz dich endlich!

Maria Magdalena zögert, Jesus nickt ihr zu, sie setzt sich.

Jesus: Ich habe mich sehr danach gesehnt, vor meinem Leiden dieses Pessachmahl mit euch zu essen. Denn ich sage euch: Ich werde es nicht mehr essen, bis das Mahl seine Erfüllung findet im Reich Gottes. *(Lk 22,15–16)* Ihr verzeiht, dass mein Herz schwer ist, weil ich Angst habe vor dem, was kommt. – Simon Petrus, der Satan hat verlangt, dass er euch wie Weizen sieben darf. Ich aber habe für dich gebetet, dass dein Glaube nicht erlischt. Und wenn du dich wieder bekehrt hast, dann stärke deine Brüder. *(Lk 22,31–32)*

Simon Petrus: Herr, ich bin bereit, mit dir ins Gefängnis und sogar in den Tod zu gehen! *(Lk 22,33)*

Jesus: Ich sage dir, Petrus, noch ehe der Hahn kräht, wirst du mich dreimal verleugnen. *(Lk 22,34)*

Simon Petrus: Aber niemals, Herr! Ich doch nicht! Wie könntest du auf mich bauen, wenn ich dich verleugne?!

Jesus ringt mit sich, Verwirrung kommt über ihn, Maria Magdalena legt die Hand auf seine Hand, schaut ihn besorgt an.

Jesus: *(nicht er selbst)* Als ich euch ohne Geldbeutel aussandte, ohne Vorratstasche und ohne Schuhe, habt ihr da etwa Not gelitten?

Jakobus der Jüngere: Nein, Herr.

Jesus: Jetzt aber soll der, der einen Geldbeutel hat, ihn mitnehmen, und ebenso die Tasche. Wer aber kein Geld hat, soll seinen Mantel verkaufen und sich dafür ein Schwert kaufen. *(Lk 22,35–36)*

Judas Iskariot: *(steht überrascht und bestürzt auf)* Herr! Also doch! Du wählst doch das Schwert?

Jesus: Ich sage euch, an mir muss sich das Schriftwort erfüllen: „Er wurde zu den Verbrechern gerechnet." Denn alles, was über mich gesagt ist, geht in Erfüllung. *(Lk 22,37)*

Simon Petrus: *(steht auf, zieht sein Schwert)* Wir haben sogar zwei Schwerter! *(Lk 22,38)*

Simon der Zelot steht ebenfalls auf und zieht sein Schwert.

Judas Iskariot: Was habe ich getan?

Jesus fährt sich verzweifelt mit beiden Händen durch die Haare, schlägt mit beiden Fäusten auf den Tisch.

Jesus: Genug! Genug! *(Lk 22,38)* Was rede ich da? Das ist eine Versuchung des Satans! Auch mich darf er wie Weizen sieben! *(Schaut Petrus und Simon an.)* Weg damit! Steckt eure Schwerter weg!

Sie tun es verwirrt. Judas setzt sich resigniert wieder hin, schlägt die Hände vors Gesicht. Auch Petrus und Simon setzen sich wieder.

Jesus starrt vor sich hin.

Jesus: Einer von euch wird mich verraten und ausliefern.

Sie schauen ihn erschreckt an, Judas noch erschreckter.

Johannes: Wer? Wer ist es?

Simon Petrus: Wer, Meister?

Thomas: So sag es doch, Herr!

Jesus: Der Menschensohn muss zwar seinen Weg gehen, wie die Schrift über ihn sagt. Doch wehe dem Menschen, durch den der Menschensohn verraten wird. Für ihn wäre es besser, wenn er nie geboren wäre. *(Mt 26,21–24)*

Die Apostel schauen sich gegenseitig an. Jesus schaut Judas an, lange schaut er ihn an.

Jesus: Was du tun willst, das tue bald. *(Joh 13,27)*

Judas starrt ihn an, steht dann unvermittelt auf und geht rasch weg. Sie schauen ihm nach, schauen Jesus verwirrt an. Dieser fasst sich.

Jesus: Euer Herz lasse sich nicht verwirren. Glaubt an Gott, und glaubt an mich. Im Haus meines Vaters gibt es viele Wohnungen. Wenn es nicht so wäre, hätte ich euch dann gesagt: Ich gehe, um einen Platz für euch vorzubereiten? Wenn ich das getan habe, komme ich wieder und werde euch zu mir holen, damit auch ihr dort seid, wo ich bin. Und wohin ich gehe – den Weg dorthin kennt ihr.

Philippus: Herr, wir wissen nicht, wohin du gehst. Wie sollen wir dann den Weg kennen?

Jesus: Ich bin der Weg und die Wahrheit und das Leben. *(Joh 14,1–6)*

Jesus nimmt ein Brot, spricht leise ein Dankgebet, bricht das Brot auseinander, gibt einen Teil Maria Magdalena, den anderen Johannes.

Jesus: Nehmt und esst. Das ist mein Leib, der für euch hingegeben wird. Tut dies zu meinem Gedächtnis.

Die Apostel brechen das Brot und geben die Stücke an alle weiter; sie essen. Jesus nimmt einen Kelch mit Wein, hält ihn hoch.

Jesus: Das ist mein Blut, das Blut des Bundes, das für euch vergossen wird zur Vergebung der Sünden. Nehmt und trinkt. *(Mt 26,26–28; Mk 14,22–24; Lk 22,19–20)*

Er übergibt den Kelch Maria Magdalena, sie trinkt als Erste, gibt dann den Kelch weiter.

Jesus: Die Stunde kommt, und sie ist schon da, in der ihr versprengt werdet, jeder in sein Haus, und ihr werdet mich allein lassen. Aber ich bin nicht allein, denn der Vater ist bei mir. Dies habe ich zu euch gesagt, damit ihr in mir Frieden habt. In der Welt seid ihr in Bedrängnis, aber habt Mut: Ich habe die Welt besiegt. *(Joh 16,32–33)*

Maria Magdalena: Herr, verlass uns nicht.

Jesus: *(lächelt)* Noch kurze Zeit, dann seht ihr mich nicht mehr, und wieder eine kurze Zeit, dann werdet ihr mich wiedersehen. *(Joh 16,16)*

8.
DONNERSTAGNACHT
JESU FESTNAHME IM GARTEN GETHSEMANE

Jesus kommt mit Petrus, Jakobus dem Älteren, Johannes und Maria Magdalena.
(Folgendes nach Mt 26,36–46; Mk 14,32–42; Lk 22,39–46; Joh 18,1–11)

Jesus: Setzt euch und wartet hier, während ich dort bete. Geht nicht weg, wacht mit mir. Meine Seele ist zu Tode betrübt.

Er geht ein paar Schritte, kniet sich nieder. Die drei Apostel lagern sich nieder, Maria Magdalena bleibt stehen und schaut besorgt zu Jesus.

Jesus: Vater, bewahre mich vor der Versuchung! Ich bitte dich! – Wer spricht da? Wer spricht denn da zu mir? – Johannes der Täufer? – Warum ich dich nicht gerettet habe? – Ich wusste nicht, dass Herodes dich köpfen lässt! – Ja, du hast mir aus dem Gefängnis eine Nachricht geschickt. Ob ich wirklich der Messias bin oder ob du auf einen anderen warten musst. – Ich konnte dich nicht retten! Ich bin ein Mensch! Es war dir bestimmt, zu sterben, so wie es mir bestimmt ist! – Ja, ich werde auferstehen und du nicht! Aber am jüngsten Tag wirst auch du auferstehen und an meiner Seite sitzen! – Was ist mit meinem Vater? Gott ist mein Vater! – Ich habe Josef nicht missachtet! Er hat mich nur nicht verstanden, ich war ihm fremd. Auch meinen Brüdern und Schwestern bin ich fremd! Sie glauben nicht an mich! – Doch, ich bin der Messias! Mein Vater hat es mir gesagt, durch dich, Johannes! Durch den Geist, der auf mich herabkam! Ich bin der Messias! – Nein, ich bin kein Wahnsinniger, ich bin der Messias! Ich bin der Menschensohn! Und jetzt wollen sie diesen Menschen foltern und töten! – Vater! Wenn es möglich ist, lass diesen Kelch an mir vorübergehen! Dir ist doch alles möglich, Vater! Nimm bitte diesen Kelch von mir! Der Geist ist willig, aber das Fleisch ist schwach! Du hast mich doch in diesen Leib gesteckt! – Verzeih, Herr! Nicht, wie ich will, sondern wie du willst.

Er geht zu den Aposteln, diese schlafen. Er schaut auf sie, sie wachen erschreckt auf, zuerst Petrus.

JESUS: *(ungehalten)* Könnt ihr nicht eine einzige Stunde mit mir wachen? Wacht und betet!

Die Apostel richten sich auf, Jesus geht zu Magdalena.

JESUS: Wie gern würde ich mit dir nach Ägypten gehen! Warum tut er mir das an?

MARIA MAGDALENA: *(wischt mit einem Tuch den Schweiß aus seinem Gesicht)* Es ist bald vorbei, Jesus.

Jesus geht zurück an seinen Platz.

JESUS: Vater! Mach dem ein Ende! Ich kann nicht mehr! Sonst nehme ich diese Frau dort und gehe mit ihr nach Ägypten! Und lebe als Mensch unter Menschen. Und arbeite, und esse und trinke und schlafe, und habe Kinder; und wenn ich alt bin, lege ich mich zum Sterben nieder, im Kreise meiner Familie! Und lebe weiter in meinen Kindern, von Generation zu Generation! Das ist auch Unsterblichkeit! – Ich bin allen ein Ärgernis, Vater! Welcher Mensch will das? – Nein! Was sind das für Bilder? Nein, ich will das nicht sehen!

Jesus flieht zu den Aposteln.

JESUS: Und wieder schlaft ihr!

Die Apostel schrecken auf.

JESUS: Von wem lasst ihr euch betäuben?

Johannes: Verzeih, Meister, es war alles so viel in den letzten Tagen. Wir haben kaum geschlafen.

Jesus: Wisst ihr nicht, was geschehen wird, bevor der Morgenstern verblasst?

Simon Petrus: Wir bringen dich aus der Stadt, Herr! Wir bringen dich in Sicherheit!

Komm, geh mit uns!

Jesus: Weiche von mir, Satan!

Simon Petrus: Was? Ich bin's, Simon Petrus!

Jakobus: Bitte, Herr, du siehst schrecklich aus! Komm weg von hier. Du musst dich erholen!

Jesus: Bleibt wach! Betet für mich! Mehr verlange ich nicht von euch!

Er geht wieder zurück.

Jesus: Nein! Wer schickt mir das? Wer schickt mir diese Bilder? – Satan, bist du das? – Gott helfe mir! Das kann nicht sein! Das kann nicht so werden! Das kann nicht entstehen aus meiner Botschaft! – Nein! Lasst mein Volk in Ruhe! Warum tötet ihr mein Volk? Ich, euer Erlöser, bin Jude! Warum bringt ihr die Juden um? – Nein! Haltet inne, ihr bewaffneten Heerscharen, mit dem Kreuz auf der Brust! Lasst diese Menschen in Ruhe! Doch nicht so! Nicht mit dem Schwert! – Weiche! Ich will das nicht sehen! – Was sind das für Feuer? Warum riecht es nach verbranntem Menschenfleisch? – Nein! Dieses Feuer habe nicht ich entfacht! Löscht es aus! Löscht es aus! – Was tut ihr mit den Kindern? Lasst die Kinder in Ruhe!

Er schaut sich verwirrt um, flüchtet zu Maria Magdalena.

Jesus: Sie töten mein Volk! Weil sie sagen, mein Volk hat den Messias ermordet! Aber nicht mein Volk hat mich ermordet, die Mächtigen waren es! Die Mächtigen aller Völker und aller Zeiten! – Und sie verbreiten meine Botschaft mit dem Schwert! Sie unterjochen die Welt! – Und sie verbrennen Menschen! Frauen und Männer! In meinem Namen! – Und sie töten die Seelen der Kinder!

Er geht zu den Aposteln, die wieder schlafen. Er reißt Petrus hoch.

Jesus: Was machst du Petrus? Was machst du aus meiner Botschaft? Das Heil habe ich verkündet, nicht das Verderben! Die Demut habe ich verkündet, nicht die Machtsucht und die Herrschaft über die Welt!

Jakobus und Johannes sind aufgeschreckt, schauen verwirrt, was Jesus tut.

Jesus: *(schüttelt Petrus)* Liebe deinen Nächsten! Liebe deinen Nächsten!

Er lässt den verwirrten Petrus los.

Jesus: Das will ich nicht. Dafür sterbe ich nicht. – Komm Magdalena, wir gehen auf die Reise.

Sie kommt zu ihm.

Maria Magdalena: Was immer du gesehen hast, Jesus, das kann nicht alles sein. Es wird immer Menschen geben, die deine Botschaft weitertragen. Deine wahre Botschaft.

Jesus: Glaubst du daran?

Maria Magdalena: Ja, das glaube ich.

Judas kommt mit einem Trupp der Tempelwache, angeführt vom Hauptmann Malchus, der sein Schwert gezogen hat. Sie tragen Fackeln, Schwerter und Knüppel.

Jesus: Da ist der Verräter, der mich ausliefert. So soll es denn sein.

Er küsst Maria Magdalena auf die Wange, geht dann auf Judas zu. Die drei Apostel folgen ihm, stellen sich schützend vor ihn.

Simon Petrus: Judas! Warum tust du das?

Jesus schiebt Petrus beiseite, schaut Judas an.

Judas Iskariot: Sei gegrüßt, Rabbi. *(Küsst Jesus auf die Wange.)*

Jesus: Mit einem Kuss verrätst du den Menschensohn?

Judas Iskariot: Jetzt zeig ihnen deine Macht!

Jesus schaut die Tempelwächter an. Sie weichen vor der Gewalt seines Blickes zurück.

Judas Iskariot: Ja! Wirf sie nieder!

Jesus: Wen sucht ihr?

Malchus: Jesus von Nazareth.

Jesus: Ich bin es.

Sie weichen wieder zurück.

Jesus: Wen sucht ihr?

Malchus: Jesus von Nazareth suchen wir! Ich hab es dir doch gesagt!

Jesus: Wie gegen einen Räuber seid ihr mit Schwertern und Knüppeln ausgezogen, um mich festzunehmen. Tag für Tag war ich im Tempel und lehrte, und ihr habt mich nicht festgenommen.

Malchus: Packt ihn, fesselt ihn!

Die Wächter zögern, Malchus geht mit dem Schwert auf Jesus zu, Petrus zieht sein Schwert, verletzt Malchus an der Brust, dieser verliert sein Schwert, stürzt auf die Knie. Die anderen Wächter greifen immer noch nicht ein.

Jesus: Petrus, steck dein Schwert in die Scheide! Los, mach schon!

Simon Petrus: Ich kämpfe bis zum Tode für dich!

Jesus: Alle, die zum Schwert greifen, werden durch das Schwert umkommen. Glaubst du, mein Vater würde mir nicht sofort zwölf Legionen Engel schicken, wenn ich ihn darum bitte?

Judas Iskariot: Bitte ihn! Bitte ihn, Jesus!

Jesus: Petrus, wirst du tun, was ich sage?

Petrus steckt widerwillig sein Schwert ein.
Jesus wendet sich zu Malchus, zieht ihn hoch, schaut ihm in die Augen, legt ihm die Hand auf die Wunde. Malchus ist sofort geheilt, greift sich erstaunt an die Stelle der Verwundung.

MALCHUS: Herr!

JESUS: Lass meine Jünger gehen.

MALCHUS: Ja, Herr! Sie mögen gehen. – Verzeih, aber ich muss das tun. Sonst kommen andere. Und die schlagen dich.

Jesus hält ihm die Hände hin, Malchus schaut seine Leute an, sie fesseln Jesus.

JESUS: Also kommt, die Herren warten sicher schon ungeduldig. *(Er schaut zu Maria Magdalena, schaut seine Apostel an.)* Seid nicht traurig, ihr werdet mich wiedersehen. Bald schon.

Jesus geht mit dem Trupp weg. Die Apostel, Maria und Judas schauen ihm nach.

JUDAS ISKARIOT: Ich versteh schon! Er wartet noch. Der große Auftritt kommt vor den Römern, vor dem ganzen Volk!

9.

DONNERSTAGNACHT
JESUS VOR DEM HOHEN RAT

(Mt 26,57–68; Mk 14,53–65; Lk 22,66–71; Joh 18,12–27)

Jesus steht gefesselt vor dem Hohen Rat, das sind der Hohepriester Kaiphas (18 bis 36 n. Chr. im Amt), sein Schwiegervater Hannas (Hoherpriester von 6 bis 15 n. Chr.), Jonathan, Alexander, Gad, Semes, Gamaliel und Jairus. In der Nähe die Tempelwächter, die ihn verhaftet haben, auch Malchus.

Kaiphas: Du machst uns Sorgen, Jesus von Nazareth.

Jesus: Ich weiß. Ich mach mir Sorgen um euch. Ihr seid blinde Blindenführer. Und wenn ein Blinder einen Blinden führt, werden beide in eine Grube fallen. *(Mt 15,14)*

Kaiphas schaut einen der Wächter an, dieser geht zu Jesus, schlägt ihn nieder, geht wieder weg. Jesus steht auf.

Kaiphas: Wir sind hier, um über dich Gericht zu halten, Jesus von Nazareth.

Jesus: Dann tut es.

Kaiphas: Was ist deine Lehre, Jesus?

Jesus: Ich habe offen vor aller Welt davon gesprochen. Ich habe immer in der Synagoge und im Tempel gelehrt, wo alle Juden zusammenkommen.

Hannas: Und auf dem See, und auf dem Berg, da hast du auch gelehrt. Ein neuer Moses!

Jesus: *(lächelt)* Ja, ich gebe zu, auf dem See, auf dem Berg, da habe ich am liebsten gelehrt. Aber nichts geschah im Geheimen. Und immer waren eure Spione dabei. Ihr kennt also meine Lehre.

Jonathan: Was ist das Wesentliche deiner Lehre? Sag es uns einfach.

Jesus: Selig, die arm sind vor Gott,
denn ihnen gehört das Himmelreich.
Selig die Trauernden,
denn sie werden getröstet werden.
Selig, die keine Gewalt anwenden,
denn sie werden das Land erben.
Selig, die hungern und dürsten nach der Gerechtigkeit,
denn sie werden satt werden.
Selig die Barmherzigen,
denn sie werden Erbarmen finden.
Selig, die ein reines Herz haben,
denn sie werden Gott schauen.
Selig, die Frieden stiften,
denn sie werden Söhne und Töchter Gottes genannt werden.
Selig, die um der Gerechtigkeit willen verfolgt werden,
denn ihnen gehört das Himmelreich.
Freut euch und jubelt: Euer Lohn im Himmel wird groß sein.
(Mt 5,3–12)

Lichtwechsel zum Hof des Palastes des Hohen Rates. Diener und Tempelwächter haben sich um ein Kohlefeuer versammelt.

Simon Petrus kommt, hinter ihm taucht Judas auf.

Judas Iskariot: Hast du etwas gehört, Petrus, wie steht's?

Simon Petrus: Bleib mir vom Leib, Verräter, sonst bring ich dich um!

Petrus will in den Hof, die Pförtnerin hält ihn auf.

Pförtnerin: Hier hast du keinen Zutritt!

Petrus will sie beiseiteschieben.

Pförtnerin: Soll ich die Wache rufen?

Judas Iskariot: *(kommt hinzu)* Der gehört zu mir. Ich habe freien Zutritt, du weißt es.

Pförtnerin: Bitte, tretet ein. Und berichtet mir, wenn ihr etwas hört. Er soll ein falscher Zauberer sein.

Judas geht hinein, Petrus will ihm folgen.

Pförtnerin: Halt! Lass dich anschauen. Du warst doch auch mit diesem Zauberer zusammen, ich erkenne dich.

Simon Petrus: Das stimmt nicht. Ich weiß nicht, wovon du redest!

Petrus geht eilig weg von ihr, stößt an einen Tempelwächter.

1. Tempelwächter: Was machst du hier? Du gehörst doch zu diesem Jesus, oder?

Simon Petrus: Nein, den kenne ich nicht!

Magd: *(kommt näher)* Freilich gehörst du zu ihm! Ich habe euch zusammen am Ölberg gesehen!

Die Tempelwächter am Kohlebecken werden aufmerksam, schauen her. Petrus sieht das und hat Angst.

Simon Petrus: Lasst mich in Ruhe! Ich kenne diesen Menschen nicht!

Petrus flüchtet, bricht weinend nieder.

Simon Petrus: Oh, mein Herr! Du hattest recht! Auf mich kannst du wirklich nicht bauen! Hoffentlich machen es meine Nachfolger besser als ich!

Lichtwechsel zum Hohen Rat.

Kaiphas: Du sprichst heute mit sanfter Zunge, Jesus. Das war nicht immer so. Du hast harte Worte gegen uns gesprochen. Und es haben dir viele zugehört.

Hannas: Du hetzt das Volk gegen uns auf. Das können wir nicht dulden.

Kaiphas: Auch wenn du es nicht glaubst, unser Volk bedeutet uns alles. Obwohl es uns verachtet, weil wir mit den Römern zusammenarbeiten; wir wissen das. Aber was sollen wir tun? Rom ist der Herrscher der Welt. Wir müssen uns arrangieren, wir müssen Kompromisse machen. Glaubst du, das macht uns Spaß?

Hannas: Das Volk glaubt, du wirst es zum Aufstand führen. Weißt du das, bist du dir dessen bewusst?

Jesus: Ja, das bin ich. Ich habe mich wohl ein paar Mal missverständlich ausgedrückt. Aber ich habe in den letzten Tagen deutliche Worte gesprochen.

Hannas: Du kannst Worte nicht zurücknehmen. Wenn sie draußen sind, sind sie draußen. Du hast die Stimmung angeheizt. Und wenn **du** sie nun nicht anführst zum Aufstand, dann wird sich ein anderer finden. Und die Römer werden mit ihrer ganzen Macht zurückschlagen! Und sie werden unser Volk töten! Glaubst du, das werden wir zulassen?

Alexander: Verzeiht, meine Herren! Ich weiß, die Politik ist wichtig, aber ich denke, es geht hier um etwas anderes, um etwas Bedeutenderes. Es geht um unseren Glauben.

Kaiphas: Natürlich geht es auch um unseren Glauben.

Alexander: Dann sollten wir jetzt endlich davon reden. Du heilst die Kranken, Jesus, hört man. Die Krüppel, die Blinden, die Aussätzigen, sogar blutflüssige Frauen – ekelhaft!

Jesus: Ihr Glaube heilt sie.

Alexander: Jede Krankheit ist eine Strafe Gottes für unsere Sünden. Du hast nicht das Recht, diese Strafe aufzuheben.

Jesus: Krankheit ist Krankheit. Unser Leib ist anfällig. Das hat mit einer Strafe Gottes nichts zu tun. Würde die Heilung sonst gelingen?

Semes: Du heilst am Sabbat.

Jesus: Wenn eines eurer Schafe in eine Grube fällt, holt ihr es dann nicht heraus, auch am Sabbat? Und ist nicht ein Mensch mehr wert als ein Schaf? Darum ist es am Sabbat erlaubt, Gutes zu tun. *(Mt 12,11–12)* Der Sabbat ist für den Menschen da, und nicht der Mensch für den Sabbat. *(Mk 2,27)*

Gamaliel: Du hältst dich nicht an die Reinheitsgebote.

Jesus: Nichts, was in den Mund hineingeht, ist unrein; nur das, was aus dem Mund herauskommt. *(Mt 15,11)* Wie man bei euch sieht.

Der Wächter schlägt Jesus wieder, sodass er zu Boden stürzt.

Nikodemus und Josef von Arimathäa kommen herein.

Nikodemus: Mir scheint, wir kommen zu spät, meine Herren. *(Er hilft Jesus hoch.)* Warum wurden wir nicht verständigt? Sind wir nicht auch Mitglieder des Hohen Rates?

Josef von Arimathäa: Was ist das hier? Eine Geheimsitzung?

Josef von Arimathäa und Nikodemus nehmen Platz.

Nikodemus: Ihr wollt ihn also verurteilen?

Hannas: Wenn er schuldig ist, werden wir ihn verurteilen.

Josef von Arimathäa: Ihr werdet ihn auf jeden Fall verurteilen. Ihr habt ihn schon verurteilt.

Hannas: Wenn er schuldig ist, müssen wir ihn verurteilen, Josef von Arimathäa.

Nikodemus: Und wessen bezichtigt ihr ihn?

Kaiphas: Er bezeichnet sich als Messias. Dafür haben wir Zeugen. Und damit wäre er gleichzeitig unser König. Der letzte aller Zeiten.

Nikodemus: Ihr habt meine Meinung schon gehört. Vielleicht ist er der Messias, der Erlöser, unser König.

Jairus: Er kommt aus Galiläa. Der Messias, wenn er kommt, stammt aus dem Hause Davids. Und unser König David ist in Betlehem geboren.

Nikodemus: Was für ein Zufall. Auch dieser Mann hier ist in Betlehem geboren.

Jonathan: Ein unehelicher Bastard ist er! Geboren aus Unzucht!

Josef von Arimathäa: Das stimmt nicht. Josef aus Nazareth hat seine Mutter geheiratet.

Jonathan: Da war der Bastard schon auf die Welt gekommen. Sein Vater war nicht Josef.

Kaiphas: Wir wissen nicht, wer sein Vater war, Nikodemus, wir konnten es nicht herausfinden.

Nikodemus: Vielleicht fragt ihr den Sohn. Da steht er.

Kaiphas: Wer also ist dein Vater, Jesus von Nazareth?

Jesus: Auch wenn ich es euch sage, ihr glaubt mir ja doch nicht.

Hannas: Dann frage ich dich anders, es kommt auf das Gleiche hinaus: Bist du der Messias, der Sohn Gottes?

Jesus: Von nun an wird der Menschensohn zur Rechten des allmächtigen Gottes sitzen.

Kaiphas: Rede nicht um den heißen Brei! Du bist also der Sohn Gottes?

Jesus: Ich bin es.

Kaiphas: *(steht auf)* Ihr habt es alle gehört! *(Reißt sein Obergewand auseinander.)* Das ist Gotteslästerung!

Nikodemus: Ich bitte euch! Dieser Mensch vollbringt viele Zeichen und Wunder! Lasst ihn in Ruhe und beschließt nichts Unrechtes gegen ihn! Wenn die Zeichen, die er vollbringt, von Gott sind, werden sie Bestand haben; wenn sie aber vom Menschen sind, werden sie von selbst zunichte. *(Nik 5,1)*

Kaiphas: Hast du ihn nicht gehört? Er bezeichnet sich als Sohn Gottes! Wie kann Gott einen Sohn haben?

Ist er wie der heidnische Gott Zeus, der in Verkleidung zu den Menschenfrauen geht und mit ihnen Kinder zeugt? Es ist Gotteslästerung! Und Gotteslästerung wird mit dem Tode bestraft!

10.
FREITAGMORGEN
JESUS VOR PILATUS

(Mt 27,11–31a; Mk 15,1–20a; Lk 23,1–5; 13–25; Joh 18,28–40; 19,1–16a)

Die Tempelwachen führen Jesus gefesselt heran, begleitet von Hannas, Kaiphas und anderen Hohenpriestern sowie von etwa drei Dutzend bezahlten Schreihälsen (Diener etc.). Andere Tempelwächter sperren den Zugang ab. Judas will durch.

1. Tempelwächter: Was willst du hier? Du gehörst doch zu dem da, oder?

Judas Iskariot: Nein, nicht mehr, ich habe ihn ausgeliefert!

1. Tempelwächter: Verschwinde!

Judas Iskariot: Ich habe die Erlaubnis! – Hochwürdiger Kaiphas!

Kaiphas: Lasst ihn! Der Verräter hat Angst, er will das Urteil mit eigenen Ohren hören und die Vollstreckung mit eigenen Augen sehen!

Judas Iskariot: *(zu Jesus)* Der Verräter will deinen Triumph sehen, Jesus! Jetzt wirst du sie alle zerschmettern, nicht wahr?

Jesus: Mein armer Bruder!

Hannas: Noch einmal, Kaiphas – Vorsicht! Vom Sohn Gottes sprechen wir nicht, Pilatus würde uns auslachen.

Trompetensignal.

Pilatus kommt oben an die Balustrade, begleitet von Offi-

zieren (der Centurio ist dabei) und Soldaten mit den römischen Hoheitszeichen.

PILATUS: *(hebt die Hand zum Gruß)* Heil Cäsar! Ihr seid wirklich lästig! Was wollt ihr so früh am Morgen?

KAIPHAS: Du hast uns am letzten Sonntag gefragt, wem das Volk zugejubelt hat.

PILATUS: Ja, und ihr habt mir keine Antwort gegeben.

KAIPHAS: Weil das Volk gegen uns murrte, ihr erinnert euch doch?

PILATUS: Ich erinnere mich.

KAIPHAS: *(zeigt auf Jesus)* Hier steht der Mann, dem das Volk zugejubelt hat. Jesus von Nazareth.

PILATUS: *(betrachtet Jesus)* Und warum hat es ihm zugejubelt?

KAIPHAS: Weil er sagt, er sei der Sohn Davids –

PILATUS: *(unterbricht)* Lasst mich mir eurer Religion in Ruhe, vor meinem Richterstuhl zählen nur Verbrechen gegen Rom!

KAIPHAS: Du hast mich nicht ausreden lassen. Er sagt, er sei der Sohn Davids, der Messias –

PILATUS: *(unterbricht wieder)* Ah, schon wieder ein Messias, ein Retter Israels!? Ich erinnere mich an den letzten – wie hieß er doch? – ach ja, Jesus ben Ananias. Was schrie er? „Eine Stimme aus dem Osten, eine Stimme aus dem Westen, eine Stimme gegen Jerusalem und das heilige Haus ...", und so weiter. Den habt ihr mir auch gebracht. Ich ließ ihn auspeitschen, bis seine Knochen bloßlagen, aber er schrie bei jedem Hieb immer nur: „Wehe, wehe, Jerusalem!" *(Josephus Flavius, Bell 6,300–309)* Ein Verrückter. Ich habe ihn freigelassen, wenn ihr euch erinnert.

HANNAS: Er **war** ein Verrückter. Und er hatte kaum Anhänger. Und er hat sich nicht als König der Juden bezeichnet! *(Zeigt auf Jesus.)* Dieser da aber **hat** sich als König der Juden bezeichnet! Das ist ja wohl ein Verbrechen gegen Rom, oder?

Pilatus: Bringt ihn mir. Ich will ihn näher betrachten.

Die Tempelwächter führen Jesus vor Pilatus. Dieser betrachtet ihn.

Pilatus: So sieht also bei euch ein König aus. *(Zu den Hohenpriestern)* Was wollt ihr? Mich hineinlegen? So früh am Morgen ist das ungünstig. Ich habe noch nicht gefrühstückt.

Hannas: Dieser Mensch wiegelt unser Volk auf! Schon in Galiläa hat er damit angefangen, und nun macht er dasselbe hier in Jerusalem!

Pilatus: Warum richtet ihr ihn nicht selber?

Hannas: Weil er den Tod verdient. Und Todesurteile darfst nur du aussprechen. Ihr habt uns sogar die Richtbarkeit weggenommen.

Pilatus: Ach, seinen Tod wollt ihr? Ist sein Vergehen wirklich groß genug?

Einer der Diener dirigiert die Menge.

Diener: Kreuzige ihn!

Menge: Kreuzige ihn! Kreuzige ihn! Kreuzige ihn!

Pilatus: Ruhe! Ich halte das nicht aus, so früh am Morgen!

Hannas: Dieser Mann aus Galiläa ist eine Gefahr für Rom, Pilatus!

Kaiphas: Erinnere dich: Die Aufrührer letztes Jahr kamen auch aus Galiläa!

Pilatus: Aus Galiläa kommt er? Na, dann soll ein anderer über ihn richten. Ein anderer Möchtegern-König. Bringt ihn zu Herodes Antipas, dem großen Herrscher von Galiläa. Als frommer Jude ist er natürlich auch zum Pessachfest nach Jerusalem gekommen. Ihr erspart euch einen weiten Weg.

Kaiphas: Herodes **ist** kein frommer Jude! Er und seine Familie sind überhaupt keine Juden, sie geben sich nur als solche aus! Er ist ein Sünder, ein Ehebrecher, wir wollen nichts mit ihm zu tun haben!

Pilatus: Dieser Mann hier ist ein Untertan von Herodes, also soll der ein Urteil fällen! Lasst mich in Frieden, ich geh jetzt frühstücken.

Pilatus geht weg.

Kaiphas: Zu Herodes, schnell, die Zeit läuft uns davon!

Sie zerren Jesus eilig weg, sie schlagen auf ihn ein, er fällt, sie reißen ihn hoch, treiben ihn weiter. Judas ist verwirrt.

11.
FREITAGMORGEN
JESUS VOR HERODES

(Nur bei Lk 23,6–12)
Jesus steht vor Herodes, um ihn die Tempelwächter. Bei Herodes seine Frau Herodias und deren Tochter Salome. Diener.
Herodes liebt ein luxuriöses, ausschweifendes Leben.
Kaiphas, Hannas und die anderen, auch Judas.
Die Hohenpriester hören dem folgenden Monolog von Herodes mit immer größerer Wut zu.

HERODES: *(hält ein Papier)* Das finde ich reizend von Pilatus, dass er mir die Sache übergibt, ganz reizend. Auch wenn ich mich des Verdachtes nicht erwehren kann, dass es ihm zu früh am Morgen war – wie mir übrigens auch – oder dass er sich da lieber heraushält. Oder er will euch Hohenpriester einfach ärgern, er mag ja uns Juden nicht besonders, das wisst ihr. – So, was haben wir da? *(Schaut auf das Papier, liest:)* „Ich bin der König der Juden." Interessant. Ich dachte, ich sei der König der Juden. Na ja, wär ich gern gewesen. Mein Vater war es noch. Die Römer haben mir nur den Titel eines Tetrarchen zugestanden – „Viertelherrscher". Nicht sehr schmeichelhaft, was? Ja, und nun kommt ihr zu mir, ihr Hohenpriester. Die ihr mich für einen Mörder und Ehebrecher haltet. Damit ich diesen Mann verurteile. Zum Tode, oder, hab ich das richtig verstanden? – Jesus von Nazareth, viel von dir gehört. Mein Vater, Herodes der Große, hatte, so glaube ich, mit dir zu tun. Es sind einmal Könige aus dem Morgenland gekommen, Magier, Zauberer, einem Kometen sind sie gefolgt, in das kleine Hirtennest Betlehem. Sie wollten einem neugeborenen Kind huldigen, man stelle sich vor: so ein weiter Weg, um einem neugeborenen Kind zu huldigen, das in einem Stall zur Welt kommt. – Eine Weissagung, aus den Sternen gedeutet. „Dieses Kind ist der Messias, der König der Juden." – Mein Vater war schon etwas, wie soll ich sagen …? Immerhin war **er** der König der Juden, nicht wahr? Und fühlte sich irgendwie auch als Messias, als Retter Israels. Deshalb hat er euch ja diesen unglaublichen Tempel da oben hingebaut, immerhin das größte Bauwerk der Welt. Nach den Pyramiden. Die Ägypter sind nicht zu übertreffen. – Jedenfalls, mein Vater fühlte sich irgendwie bedroht, dass da ein Größerer nachkäme. Und er ließ alle neugeborenen Kinder von Betlehem umbringen. Aber du, Jesus, bist offenbar entkommen. Ich habe nachgeforscht. Deine Eltern sind mit dir geflohen. Nach Ägypten. Und jetzt stehst du vor mir, du, der du meinem Vater entkommen bist. Was soll ich mit dir tun?

Jesus antwortet nicht.

Herodes: Weißt du, ich hatte den Verdacht, du bist die Wiedergeburt Johannes' des Täufers. Bist du das? Wohl nicht, oder? Ich hab schon gehört, du hast mich als Fuchs bezeichnet und warst etwas verbittert darüber, dass ich den Johannes köpfen ließ. Den Johannes, der dich taufte. Ich wollte das nicht, glaub mir! Ich habe den Täufer sehr verehrt und bewundert, glaub mir, bitte! – Du weißt, wie das zustande kam?

Herodias: Kannst du aufhören, bitte? Was breitest du da alles vor diesen Leuten aus?

Herodes: Er hat mich ständig kritisiert, weil ich diese Frau da geheiratet habe, die Frau meines Bruders. Ich gebe zu, es war nicht ganz richtig, aber, verstehst du – die Leidenschaft …

Herodias: Hör auf jetzt!

Herodes: Und da habe ich mich hinreißen lassen, auf Drängen meiner Frau, ihn verhaften zu lassen. Und eines Nachts, es tut mir leid, ich bin in Rom etwas dem roten Wein verfallen, vermischt mit diversen Kräutern, man gerät in einen ziemlich merkwürdigen Zustand ... Jedenfalls, eines Nachts, da tanzt dieses Mädchen vor mir, die da, Salome, nicht meine Tochter, die Tochter meiner Frau ist sie. Und sie tanzt so unglaublich, so unglaublich, du kannst dir das nicht vorstellen, Jesus! Es war wie im Paradies. – Da hab ich ihr einen Wunsch freigestellt.

Herodias: Du bist ein Narr! Wär ich doch bei deinem Bruder geblieben!

Herodes: Der ist auch ein Narr, sind wir alle.

Herodias: Es reicht! Komm, Salome!

Herodias geht mit Salome weg.

Herodes: *(flüstert Jesus zu)* Und meine Frau sagt zu Salome: „Verlange den Kopf des Täufers." – So war das. Ich wollte das nicht. Ein tiefes Entsetzen hat mich gepackt, als ich seinen Kopf auf dem Tablett sah! Ein tiefes Entsetzen! Ich kann nicht mehr schlafen! Hilf mir, Jesus!

Jesus schaut ihn nur an.

Herodes: Du betest für mich, ja? Ich brauche das! *(Zu den Hohenpriestern:)* Nehmt ihn wieder mit. Was geht mich das an? Soll ich noch einen Propheten ermorden? Soll ich mich erneut mit heiligem Blut beflecken? Geht! Verschwindet!

12.
FREITAGMORGEN
JESUS ERNEUT VOR PILATUS

Pilatus mit Nachricht von Herodes in der Hand. Jesus und alle anderen stehen unten. Auch Judas.

PILATUS: *(schaut auf das Blatt)* Herodes bedankt sich sehr herzlich und drückt mir seine tief empfundene Freundschaft aus. Und lädt mich zum Abendessen ein. *(Schaut die Hohenpriester an.)* Kein Wort von Jesus.

HANNAS: Er sagt, du bist jetzt zuständig, Pilatus. Nachdem der Aufrührer sich nun schon einmal in Judäa befindet.

Pilatus seufzt verärgert auf, winkt, die Tempelwachen bringen Jesus zu ihm.

PILATUS: *(zu Jesus)* Bist du der König der Juden?

Jesus antwortet nicht.

PILATUS: Du sprichst nicht mit mir? Weißt du nicht, dass ich die Macht habe, dich freizulassen, und die Macht, dich zu kreuzigen?

JESUS: Du hättest keine Macht über mich, wenn sie dir nicht von oben gegeben wäre.

PILATUS: Ich frage dich noch einmal: Bist du der König der Juden?

JESUS: Du sagst es. Aber mein Königreich ist nicht von dieser Welt.

JUDAS ISKARIOT: Wie redest du, Jesus? In der anderen Welt nützt uns ein Königreich nichts! Hier musst du es errichten! Hier! Tu es endlich!

JESUS: Mein Königreich ist nicht von dieser Welt. Ich bin dazu geboren und in die Welt gekommen, dass ich für die Wahrheit Zeugnis ablege. Jeder, der aus der Wahrheit ist, hört auf meine Stimme.

Pilatus: *(resigniert, abgeklärt)* Was ist Wahrheit?

Jesus: Wahrheit vom Himmel.

Pilatus: Du meinst, es gibt auf Erden keine Wahrheit?

Jesus: Du siehst doch, wie die, welche die Wahrheit sagen, von denen verurteilt werden, die die Macht auf Erden haben.

Hannas: Er versucht sich herauszureden, Pilatus! Das Volk will, dass er das Königreich in dieser Welt errichtet! Der Mann da *(deutet auf Judas)* hat es gerade gesagt! Dieser falsche Lehrer hat den Menschen Ideen eingepflanzt! Gefährliche Ideen! „Jetzt wird der Herrscher dieser Welt hinausgeworfen werden!", hat er beim Einzug in Jerusalem gesagt!

Judas Iskariot: „Ich bin nicht gekommen, den Frieden zu bringen, sondern das Schwert!", hat er gesagt!

Jesus senkt beschämt den Kopf.

Pilatus schaut ihn an. Jesus hebt den Kopf, schaut ihm offen in die Augen.

Pilatus: Das sind schwere Anschuldigungen. Willst du etwas dazu sagen?

Jesus: Es ist alles gesagt.

Pilatus ist von diesem Jesus beeindruckt. Er denkt nach.

Pilatus: Geißelt ihn.

Soldaten packen Jesus.

Pilatus: Ich werde dich dann noch einmal fragen, wer du bist.

Die Soldaten führen Jesus ab.

Judas Iskariot: Wehr dich endlich! Ruf deine Engelscharen zu Hilfe!

Die Soldaten ziehen Jesus das Obergewand aus, binden ihn an eine Säule und geißeln ihn. Die Sicht auf ihn wird

durch einen Kordon von Soldaten verdeckt. Man hört die Geißelschläge, von Jesus aber keinen Laut.
Pilatus setzt sich.

KAIPHAS: Was ist das jetzt? Wir brauchen das nicht! Wir wollen seinen Tod!

HANNAS: Warum sperrst du dich so, Pilatus? Weißt du nicht, warum wir das tun?

PILATUS: Nein, das weiß ich nicht. Oder vielleicht doch. Kann es sein, dass euer Volk diesen Mann liebt, euch Hohepriester aber hasst?

KAIPHAS: Ausgerechnet du sagst das? Wo du doch genau weißt, dass wir zum Wohle des Volkes mit dir zusammenarbeiten? Rom hassen sie viel mehr! Und deshalb folgen sie jedem Aufrührer mit Begeisterung. Und dann schlägt Rom zu, dann schlägst du zu! Also lass uns gemeinsam diesen Mann umbringen – du und ich! Besser einer stirbt als viele!

HANNAS: Tote zahlen keine Steuern an Rom, Pilatus! Vergiss das nicht!

JONATHAN: Wann hast du je gezögert, wenn es darum ging, einen Juden hinzurichten? Das hast du oft schon wegen geringerer Vergehen getan.

Die Geißelschläge hören nicht auf.

PILATUS: Schluss jetzt! Es reicht! Es reicht, Soldaten!

Die Schläge hören auf. Der Soldaten-Kordon öffnet sich. Jesus hat blutige Striemen von der Geißelung am Rücken. Sie ziehen ihm das Obergewand wieder über. Ein Soldat (trägt Handschuhe) drückt Jesus die Dornenkrone aufs Haupt.

2. SOLDAT: Ich kröne den König!

Ein anderer schlägt mit einem Stock auf die Krone und damit aufs Haupt.
Blutrinnsale von den Stichen der Dornen erscheinen auf seiner Stirn.

2. SOLDAT: Damit sie ja fest genug sitzt!

3. SOLDAT: *(spottend)* Heil dir, König der Juden!

ALLE DREI: Heil dir, König der Juden!

PILATUS: Lasst das! Bringt ihn her!

Jesus wird wieder zu Pilatus geführt. Durch sein Gewand zeichnen sich die blutigen Striemen ab.

PILATUS: *(deutet auf Jesus)* Ecce homo. *(„Seht, der Mensch.“)*

KAIPHAS: Ans Kreuz mit ihm!

PILATUS: Bist du der König der Juden?

Jesus: Ich bin es.

KAIPHAS: Ans Kreuz mit ihm!

MENGE: *(dirigiert durch den Einpeitscher)* Ans Kreuz mit ihm! Ans Kreuz mit ihm! Ans Kreuz mit ihm!

PILATUS: *(gebietet mit einer Geste Ruhe)* Es ist üblich, dass ich zum Pessachfest einen Gefangenen freilasse. Eine großzügige Geste Roms.

Pilatus gibt einen Wink, Soldaten führen den gefesselten Partisanen Barabbas herein.

PILATUS: Das ist Barabbas. Ein Terrorist, der römische Soldaten getötet hat. Ihr könnt wählen, wen ich freigebe: den Mörder Barabbas oder den Rabbi Jesus.

KAIPHAS: Barabbas!

MENGE: *(dirigiert durch den Einpeitscher)* Barabbas! Barabbas! Barabbas!

PILATUS: *(gebietet mit einer Geste Ruhe)* Ihr enttäuscht mich. Aber ihr sollt ihn haben.

Er gibt einen Wink, die Soldaten lösen die Fesseln von Barabbas. Dieser schaut bedrückt zu Jesus, Jesus schaut ihn an, lächelt leicht. Barabbas geht zu den Menschen unten, sieht Judas, geht zu ihm, legt ihm die Hand auf die Schulter. Aber Judas ist wie betäubt.

PILATUS: Und was geschieht mit **ihm?**

Alle: Ans Kreuz mit ihm! Ans Kreuz mit ihm! Ans Kreuz mit ihm!

Pilatus: Ihr ärgert mich, ich muss es sagen. Ihr wollt mir Vorschriften machen, mir, dem Vertreter Roms?

Hannas: Wenn du ihn freilässt, bist du kein Freund des Kaisers, Pilatus. Denn jeder, der sich als König ausgibt, lehnt sich gegen den Kaiser auf.

Pilatus reicht es nun, er gibt einen Wink, man bringt eine Schüssel Wasser und ein Handtuch. Pilatus wäscht sich die Hände.

Pilatus: Ich bin unschuldig am Blut dieses Menschen. *(Er trocknet sich die Hände ab, legt das Tuch über die Schüssel, lässt sich den Richtstab geben, wendet sich an Jesus:)* Kraft des Amtes, das mir verliehen wurde, im Namen des göttlichen Kaisers Claudius Tiberius verurteile ich dich wegen Aufruhrs gegen Rom zum Tode durch das Kreuz. *(Er zerbricht den Stab, lässt die zwei Stücke zu Boden fallen.)* Das Urteil wird sofort vollstreckt.

Jesus schaut ihn ruhig an, Pilatus geht weg.

Judas Iskariot: Dann stirb, Jesus! Du bist der Verräter, nicht ich! Wir wären dir in den Kampf gefolgt! Alle! Aber du hast uns verraten! Du hast dein ganzes Volk verraten! Ich verfluche dich!

Judas läuft davon.

Nikodemus, Josef von Arimathäa und Maria Magdalena wollen herein, Tempelwachen halten sie zurück.

Nikodemus: Kaiphas! Kaiphas!

Kaiphas: Lasst sie durch.

Die Tempelwachen lassen beide durch, wollen Maria aufhalten, sie drängt sich wild durch. Alle drei schauen entsetzt auf Jesus.

Josef von Arimathäa: Was habt ihr getan? Was habt ihr um des Allmächtigen willen getan?

Kaiphas: Wir haben getan, was wir tun mussten. Das Urteil ist gesprochen.

Nikodemus: Ihr tötet einen Heiligen! Es wäre doch Platz für ihn gewesen, in unserem Glauben!

Maria Magdalena: *(zu den Hohenpriestern)* Ihr könnt ihn nicht töten! Er ist das Licht der Welt! Er ist das Licht, das über euch allen ist! Er ist das All! Aus ihm ist das All hervorgegangen und zu ihm ist das All gelangt. Und er ist in allem und jedem! Spaltet ein Holz, und er ist dort, hebt einen Stein hoch, und ihr werdet ihn darunter finden! *(Th 77)*

13.
FREITAGVORMITTAG
DER KREUZWEG

Jesus, viele Soldaten, angeführt vom Centurio, Volk. Zwei Soldaten halten das Kreuz.

1. SOLDAT: Nimm es! *(Schlägt Jesus mit einem Knüppel.)* Nimm dein Kreuz! Mach schon!

Das Kreuz wird Jesus aufgeladen. Er hat einen Strick um die Mitte, an diesem zerrt ihn dann ein Soldat immer wieder auf und weiter.

CENTURIO: Los, macht weiter, auf nach Golgatha!

Der Zug geht los, Jesus schleppt sein Kreuz.

Johannes, die Mutter Jesu, Maria Magdalena, Salome, Maria (die Frau Simons des Aussätzigen) und Maria (die Frau des Kleopas) tauchen auf.

MUTTER MARIA: Mein Sohn! Mein Sohn!

Sie stürzt hin, umarmt Jesus.

MUTTER MARIA: Mein Sohn!

1. SOLDAT: Weg da! *(Schlägt sie.)* Weg da, Frau!

MARIA MAGDALENA: *(fällt dem Soldaten in den Arm)* Das ist seine Mutter! Warum schlägst du sie? Schlägst du gerne Mütter? Hast du selber keine?

Der Soldat lässt Maria gewähren.

MUTTER MARIA: *(wischt ihm das Blut aus dem Gesicht)* Oh, mein Sohn, was tun sie dir?!

CENTURIO: Weg jetzt, Frau! Wir müssen weiter!

Jesus wird hochgerissen, geht weiter. Johannes zieht Maria weg.

JOHANNES: Schau dir das nicht an, Maria! Schau es nicht an!

Johannes, Maria und Maria Magdalena verschwinden in der Menge.

Jesus stürzt zum ersten Mal.

Barabbas kommt, geht zu Jesus, schiebt die Soldaten weg, die ihm wehren wollen.

Barabbas: Rabbi Jesus, das wollte ich nicht! Was kann ich tun? Was kann ich tun?

Jesus schaut ihn nur an.

3. Soldat: Verschwinde, du hältst uns auf! Wirst du wohl?

Der Soldat hebt den Knüppel, Barabbas fasst ihn eisern am Handgelenk.

Barabbas: Was willst du, mich schlagen? Ich bin ein Freigesprochener! Pilatus hat mich freigesprochen! Ich bin unverwundbar! *(Lässt den Soldaten los.)* Schlag mich! Was ist? Soll ich **dich** schlagen?

Der Soldat ist konsterniert.

Barabbas: Was soll ich tun, Jesus?

Centurio: Was ist los da? Weiter, weiter!

Barabbas nimmt Jesus das Kreuz weg, legt es sich über die Schulter, marschiert damit los. Die Soldaten sehen es verblüfft.

Centurio: Ist der Mann verrückt geworden? Nehmt ihm das Kreuz weg!

Die Soldaten entreißen Barabbas das Kreuz.

Barabbas: *(wehrt sich)* Das steht mir zu! Nein, das steht mir zu!

Centurio: Ach, du bist das, Barabbas! Du bist frei, geh, besauf dich! Der da stirbt für dich!

Barabbas: *(bricht verzweifelt zusammen)* Das will ich nicht, das will ich nicht! Es ist nicht gerecht! Ich will nicht, dass der da für mich stirbt!

Centurio: Du hast wirklich den Verstand verloren! – He, macht schon, ladet dem da das Kreuz wieder auf!

Die Soldaten zerren Jesus her, laden ihm wieder das Kreuz auf, treiben ihn weiter.

Barabbas: Verzeih mir, Rabbi! Ich verspreche dir, ich überleb dich nicht lange!

Judas kommt daher, schaut zu Jesus, geht zu Barabbas.

Judas Iskariot: Was ist mit dir, Barabbas?

Barabbas: Sie töten einen Gerechten! Sie töten einen Friedfertigen! An meiner Stelle!

Judas Iskariot: Es ist so, wie es ist! Wir brauchen dich, Barabbas! Du bist unser mutigster Kämpfer! Du wirst uns anführen! Der da ist ein Versager, ein Feigling!

Barabbas: Er ist kein Feigling, hörst du?! Sie haben ihn ausgepeitscht und er hat keinen Laut von sich gegeben! Er will das so! Er will das so!

Judas Iskariot: Aber was soll das für einen Sinn haben? Dass er sich ans Kreuz nageln lässt? *(Er schaut zu Jesus; dann:)* Jetzt weiß ich es! Jetzt weiß ich es!

Barabbas: Was weißt du?

Judas Iskariot: Er wird vom Kreuz steigen! Er wird vom Kreuz steigen! Ich war zu ungeduldig! Das wird sein größter Triumph sein! Er steigt vor den Augen aller vom Kreuz! *(Läuft Jesus nach.)* Jesus! Verzeih mir! Ich war zu ungeduldig!

Barabbas: Ich hol mein Schwert. Dann geh ich Römer töten! *(Geht weg.)*

Jesus wird immer schwächer. Sie treiben ihn an. Das Volk hat Mitleid, keiner verspottet ihn. Manche erkennen ihn nun.

Frau: Das ist Jesus von Nazareth! Der Messias!

1. Mann: Ist er das? *(Schaut Jesus an.)* Ja, es ist der Heiler! Er hat mich gesund gemacht! Was tut ihr, Römer? Warum tötet ihr ihn?

Centurio: Ruhe! Weg da, verschwindet!

2. Mann: Das dürft ihr nicht, Römer! Er ist ein Prophet! Kommt, wir wollen Jesus befreien!

Centurio: Auseinander! Soldaten, vertreibt sie!

Die Soldaten schlagen auf die Leute ein, auch auf Frauen.

Centurio: Zurück! Das ist Aufruhr! Ich lasse euch alle niedermachen!

Die Leute werden zurückgetrieben. Soldaten bilden einen Kordon.

1. Soldat: *(schlägt Jesus)* Weiter mit dir, Nazarener!

Jesus fällt. Sie versuchen ihn hochzuzerren, es geht nicht.

1. Soldat: Hauptmann! Wir bringen ihn nicht lebendig hin! Wir brauchen einen, der ihm tragen hilft!

Hauptmann: *(schaut sich um)* Barabbas! Barabbas!

Eine Frau namens Veronika kommt, kniet sich zu Jesus hin.

Veronika: Armer Mann! Warum quälen sie dich so? Dein Haupt voller Blut und Wunden!

Sie nimmt ein Tuch, gibt es Jesus, dieser legt es sich aufs Gesicht.

2. Soldat: Frau, verschwinde!

Jesus gibt das Tuch Veronika zurück, schaut sie dankbar an.

Veronika: Bete für mich, wenn du im Himmel bist!

2. Soldat: *(stößt sie weg)* Geh schon, Frau!

Simon von Cyrene kommt mit einer Harke daher, auf dem Weg zur Arbeit. Und schnell will er an Jesus vorbei, es graut ihm.

Centurio: Du da, komm her!

Simon: Wer, ich?

Centurio: Ja, du! Hilf dem da, das Kreuz zu tragen!

Simon: Warum ich? Ich bin kein Jude! Und auch kein Sklave! Ich bin ein freier Bauer!

Centurio: Du bist ein starker Mann, also hilf ihm, sei so gut!

Simon schaut Jesus an, Mitleid erfasst ihn. Er hilft Jesus hoch, dann nimmt er das Kreuz auf die Schulter, sie gehen weiter.

Judas kommt heran.

JUDAS ISKARIOT: Meister! Du wirst dein Volk nicht enttäuschen, nicht wahr? Da oben, da zeigst du ihnen deine Macht! – Antworte mir!

1. SOLDAT: *(schlägt auf Judas ein)* Weg da!

Judas weicht aus, geht an der Seite mit.

CENTURIO: *(nach einer Weile)* Danke, Bauer, das reicht, wir sind gleich da.

Simon von Cyrene lässt das Kreuz los, schaut Jesus an, will weggehen, geht aber dann doch mit und wird Zeuge der Kreuzigung.

1. SOLDAT: *(schlägt Jesus)* Weiter! Weiter!

Jesus schleppt das Kreuz weiter. Judas springt rittlings auf das Kreuz, Jesus bricht auf die Knie.

JUDAS ISKARIOT: Dir ist das Kreuz nicht schwer genug, was? Wehr dich! Wehr dich!

2. SOLDAT: *(reißt Judas vom Kreuz)* Herunter mit dir, du Idiot! *(Schlägt auf ihn ein.)* Ich bring dich um, wenn ich dich noch einmal sehe!

Judas flüchtet zur Seite.

Die Soldaten ziehen Jesus hoch, treiben ihn weiter. Sie nähern sich dem Kreuzigungsplatz.

CENTURIO: Das Volk bleibt zurück!

Die Soldaten halten das Volk davon ab, den Kreuzigungsplatz zu betreten. Auch Johannes, die Mutter Jesu, Maria Magdalena, Salome, Maria (die Frau Simons des Aussätzigen) und Maria (die Frau des Kleopas) werden zurückgedrängt.

JOHANNES: Centurio! Seine Mutter, seine Verwandten! Wir gehören zu ihm!

Der Centurio gibt ein Zeichen, dass man sie durchlassen soll. Judas läuft von der Seite hinzu.
Sie kommen zum Kreuzigungsplatz.
Mittlerweile folgen dem Zug auch Dismus und Gismas. Sie tragen die Querbalken ihrer Kreuze und werden mit Peitschenhieben von römischen Soldaten angetrieben.

14.
FREITAG
JESU KREUZIGUNG UND TOD

Der Kreuzigungszug kommt an. Jesus sinkt mit dem Kreuz nieder. Sie nehmen es ihm ab, legen es zu Boden. Judas streicht herum und wartet auf das Wunder. Die Mutter Jesu, Johannes, Maria Magdalena, Salome, Maria (die Frau Simons des Aussätzigen) und Maria (die Frau des Kleopas) sehen verzweifelt zu. Gad, ein Mitglied des Hohen Rates, beobachtet alles. Jesus wird entkleidet, aufs Kreuz gelegt und angenagelt. Ein Soldat kommt eilig mit einer Holztafel, auf der steht: INRI.

4. Soldat: Befehl von Pilatus. Diese Tafel kommt ans Kreuz.
Centurio: Und was heißt das?
4. Soldat: Jesus von Nazareth, König der Juden.
Centurio: Der Statthalter beliebt zu scherzen.
Gad tritt hinzu, schaut auf die Tafel.
Gad: Das akzeptieren wir nicht, Centurio.
Centurio: Wer bist du, dass du so etwas sagen darfst?
Gad: Ich beobachte im Auftrag des Hohen Rates die Hinrichtung.
Centurio: *(spielt die Ironie von Pilatus weiter)* Aber ihr habt doch gesagt, er ist der König der Juden.
Gad: Nein, haben wir nicht! **Er** hat von sich behauptet, er sei der König der Juden! Dafür stirbt er ja! Also muss auf dieser Tafel stehen: „Jesus von Nazareth, der behauptete, der König der Juden zu sein!"
Centurio: Was geschrieben steht, steht geschrieben! Der Statthalter will es so!

Er übergibt die Tafel dem Soldaten, sie wird über das Haupt von Jesus genagelt.
Gad ist entrüstet.

Judas Iskariot: Der Statthalter weiß es: Er **ist** der kommende König der Juden! Und er wird den Statthalter töten! Und alle Römer verjagen!

Centurio: *(drohend)* Was sagst du da?

Judas Iskariot: Achte nicht auf mich, ich bin nur ein Verrückter! Heute sind wir alle verrückt!

Centurio: Das scheint mir auch so. *(Zu den Soldaten bei Jesus.)* Macht weiter, was ist denn?

Das Kreuz mit Jesus wird aufgerichtet.

Jesus: *(als der Stamm in die Aushöhlung fällt)* Herr vergib ihnen, sie wissen nicht, was sie tun.

Dismus und Gismas werden an ihre Kreuze gebunden und aufgerichtet.

Gismas: Ich hätte nicht gedacht, dass wir dich einmal in unserer Mitte haben würden, Jesus. Dich, den Friedensstifter.

Dismus: Spotte nicht, Gismas.

Gismas: Ich spotte nicht, ich bin froh, dass Barabbas nicht in unserer Mitte ist. Barabbas wird uns rächen.

Dismus: Jedenfalls werden wir zu Recht gekreuzigt, dieser Mann aber in unserer Mitte ist unschuldig. – Rabbi Jesus, denkst du an mich, wenn du in dein Reich kommst?

Jesus: Heute noch wirst du mit mir im Paradies sein. *(Lk 23,42–43)*

1. Soldat: He du, König der Juden! Sie sagen, du kannst Wunder wirken! Warum steigst du nicht einfach vom Kreuz?

Judas Iskariot: Tu es! Tu es! Lass dich nicht verspotten! Tu es endlich! *(Nimmt einen der dicken Knüp-*

pel, die zum Zerschlagen der Beine dienen.) Sonst zerschlage ich dir alle Knochen!

Ein Soldat entreißt Judas den Knüppel.

Centurio: Mäßige dich, ja! Sonst lasse ich dich auspeitschen, dass dir die Haut in Fetzen hängt!

Judas Iskariot: Schlag mich auch ans Kreuz, wenn du willst! *(Breitet die Arme aus.)* Mach schon!

Centurio: Verschwinde endlich, du Wahnsinniger!

Judas verkriecht sich.

Jesus: Mutter!

Maria: *(tritt näher)* Mein Kind?

Jesus: Geh mit Johannes. Er wird immer bei dir sein. – Johannes!

Johannes: Ja, Herr! Ich werde sein zu ihr wie ein Sohn. *(Legt den Arm um sie.)*

Jesus: Magdalena!

Magdalena tritt hinzu.

Jesus: Du trägst die Botschaft in deinem Herzen.

Maria Magdalena: Ich trage sie in meinem Herzen. Und ich trage sie weiter. Mit deiner Mutter, mit den Jüngern.

Sie küsst seine Füße, tritt zurück.

Jesus: Mich dürstet.

Der Centurio gibt ein Zeichen, ein Soldat steckt einen Schwamm an eine Stange, taucht sie in einen Essigkrug, hält den Schwamm an den Mund von Jesus.

Dann verfinstert sich der Himmel. Donnergrollen.

Jesus: *(für einen Moment wieder ganz verzweifelter Mensch)* Mein Gott, mein Gott, warum hast du mich verlassen? *(Mk 15,34)*

Blitz. Donner.

Jesus: Verzeih, Vater! – In deine Hände lege ich meinen Geist. *(Lk 23,46)*

Donner.

Jesus: Es ist vollbracht. *(Joh 19,30)*

Jesus stirbt.

Die Mutter Jesu bricht zusammen, Johannes und Maria Magdalena stützen sie.

Der Centurio gibt ein Zeichen, der 3. Soldat durchbohrt Jesu Seite mit einer Lanze.

3. Soldat: Er ist tot.

Centurio: Ich denke, das war ein gerechter Mensch. *(Lk 23,47)* Und musste wie ein Verbrecher sterben. Wie ein Sklave.

Anhaltendes Donnergrollen, Blitze.

Judas Iskariot: *(starrt auf Jesus)* Nein! Nein! Ich bin verflucht! *(Stößt Leute beiseite.)* Aus dem Weg! Ich habe in Gethsemane zu tun! Dort, wo ich ihn verraten habe!

Judas stürzt davon.

Centurio: Dieses Unwetter verheißt nichts Gutes. Zerschlagt denen da die Beine, damit sie sterben und wir von hier wegkommen.

Soldaten nehmen dicke Knüppel und zerschlagen den beiden Schächern die Beine.

Nikodemus (mit einem Krug voll Salböl aus Myrrhe und Aloe) und Josef von Arimathäa kommen, schauen erschüttert auf den toten Jesus.

Josef von Arimathäa: Centurio! Ich habe gleich in der Nähe in meinem Garten ein neues Felsengrab angelegt. Pilatus hat mir erlaubt, dass ich den Nazarener in meiner Grabeshöhle bestatte. *(Mt 23,57–61; Mk 15,43–47; Lk 23,52–53; Joh 19,38–42)*

Centurio: Macht es so. Er hat ein Grab verdient. – Aufbruch!

Alle Römer und auch Gad entfernen sich.
Jesus wird vom Kreuz genommen und seiner Mutter Maria in den Schoß gelegt.

15. SONNTAG MARIA MAGDALENA BEGEGNET DEM AUFERSTANDENEN CHRISTUS

(Joh 20,11–18)
Maria Magdalena sitzt neben dem offenen Eingang der Grabkammer. Die Leichenbinden liegen drinnen am Boden. Maria hat die Hände vors Gesicht geschlagen und weint. Auf einmal steht Jesus vor ihr (ganz wie sonst, ganz wie im Leben).

Jesus: Frau, warum weinst du?
Maria Magdalena nimmt die Hände vom Gesicht, schaut ihn an, erkennt ihn nicht.
Maria Magdalena: Man hat meinen Herrn weggenommen, da aus dem Grab, und ich weiß nicht, wohin man ihn gelegt hat. Du bist der Gärtner, nicht wahr? Wenn du ihn weggebracht hast, sag mir bitte, wohin.
Jesus: *(lächelnd)* Magdalena!
Maria Magdalena erkennt ihn plötzlich.
Maria Magdalena: *(springt auf; schreit)* Rabbuni!
Sie will ihn umarmen, Jesus macht eine abwehrende Geste.
Jesus: Halte mich nicht fest, ich bin noch nicht zum Vater hinaufgegangen. Sag den Jüngern, ich bin vom Tode auferstanden und ich gehe voraus nach Galiläa, dort werden sie mich sehen. *(Mk 16,7)*
Maria Magdalena: Herr, mein Herz zerspringt vor Freude!
Jesus: *(lächelnd)* Geh, sag es ihnen.
Sie will ihn nochmals umarmen, beherrscht sich, strahlt vor Freude, rennt weg.

Maria Magdalena: Ich sag es ihnen! Ich sag es ihnen allen!

Jesus: *(lächelnd, geht ins Publikum)* Ich bin bei euch – alle Tage bis zum Ende der Welt.

ENDE

Die Passion im Jahrhunderttakt – Vom Weihestein zu Meilensteinen

Bei einem Blick aus weiter Entfernung verlieren sich die Unterschiede, Details gehen verloren, aber es vergrößert sich der Überblick. Es wird alles gleich klein und der Himmel darüber ist mächtig. Menschen wie die im Mittelalter empfanden soziale Unterschiede aus der Entfernung. Da wusste jeder blind um seinen Platz im Gesellschaftsbaum. Der Bauer an der Wurzel hatte alle Lasten der höheren Stände zu tragen. Die Privilegierten saßen in den Ästen und die weltliche und geistliche Obrigkeit in der Krone. Alle zusammen waren sie Teil eines organischen Gebildes, einer Gesellschaft wie ein Baum. Und alle waren sie gleich, gleich klein. Ein jeder richtete den Blick in den Himmel zu seinem Gott und ein jeder pflegte den Kontakt zu andern in den Ästen höher oder tiefer auch nur über Gott, in dessen Händen sich ein jeder getragen wusste. In dieser Welt, die alles von weit oben gerichtet sah, empfand sich der Einzelne geborgen als Kind der Schöpfung.

Der Mensch empfand sich selbst nicht als so wichtig. Sein Streben war nicht unbedingt aufzusteigen, sondern durchlässig zu sein, wie im Bild des Baumes, für die Kraft aus dem Boden.

Das einzig Wirkliche, das Wirkende, war in diesem Erfassen der Welt nicht das, was greifbar mit Sinnen wahrgenommen werden kann, sondern das, was über allem, was hinter allem steht: Gott.

Wir sind nur Abbilder, nur der Schatten, Schatten von Schatten, so heißt es auch bei Gertraud Fussenegger in einer Begründung, weshalb sie vom Angebot, das Erler Passionsspiel neu zu fassen, Abstand nahm.

Aus ihrer Absage wurde ein Prolog, der den Zuschauern zu denken gab, was ein Spiel wie dieses vermag. Es kann nichts abbilden, nichts von dem erfassen, wovon die Bibel berichtet. Es kann nur andeuten. Es kann auf die Wirklichkeit der Welt hinter dem, was wir sehen und hören, verweisen, nicht mehr und nicht weniger.

Der Geist, aus dem Passionsspiele entstanden sind, ist die Erfahrung, dass wir Schatten sind, oder besser noch, dass wir im Schatten stehen. Wir sehen die Sonne nicht. Wir wären auch nicht in der Lage dazu, ohne sofort geblendet zu sein. Wir wissen nur, das unerträgliche Licht ist hinter den Gegenständen, die Schatten werfen. Wir sehen, ähnlich wie schon in der Antike in Platons Höhlengleichnis beschrieben, die Wirklichkeit nur in Umrissen. Und wie sehen wir uns selbst in dieser Schattenwelt? Genau bei dieser Frage fängt die Verführung an. Wir treten, wenn wir ein Licht anzünden, aus dem Schatten heraus und suchen uns Spiegel. Wir wollen gesehen werden, uns ins rechte Licht stellen, verlieren unsere Unschuld und das Bewusstsein unserer Schattenhaftigkeit. Als Lichtträger will ich die Dinge rund um mich herum, die mir bisher verborgen waren, ausleuchten, ohne zu merken, dass die Befriedigung dieses Wissensdurstes jenem Fall gleicht, der dem Luzi-fer (Lichtträger) zum Verhängnis wurde. Im Ausleuchten bekommt das bisher Schattenartige Farbe und Gestalt. Es werden Unterschiede wahrnehmbar. Plötzlich gibt es ein Erkennen von Grenzen und Begrenztheiten, das Wissen um Vorher und Nachher, über Geschichte und Zukunft, über das Oben und Unten. Kurzum, alles bekommt eine sinnlich erfassbare Logik.

In dieser neuen Welt hat auch die Sprache auf einmal eine ganz neue Funktion. Sie bezeichnet die Dinge.

Bisher deutete sie nur auf etwas hin, das nur in Umrissen klar war. Nun wird ein Wort ausgesprochen und man ist sich dessen sicher, was damit gemeint ist und was auch andere damit meinen. Erst nach einer langen Zeit, die im Rausch der Worte die Welt eroberte, kam eine neue große Krise, die Kritik an der Hybris der Wortgläubigkeit zu üben begann.

Es gab da also im Verlauf des Mittelalters einen gewaltigen Umbruch der Lebenswahrnehmung, der zur Emanzipation des einzelnen Individuums führte, vergleichbar mit der Entwicklung vom Kind zum Erwachsenen.

Vielleicht ist das Wesentliche bei Passionsspielen überhaupt, dass in ihnen dieser Vergleich der Menschwerdung des Menschen im Allgemeinen und im Besondern angestellt wird. Mitten im Prozess des Erwachens zur Mündigkeit, zum eigenen Leben, kommt irgendwann einmal der Punkt der Trauer über das verlorene Paradies der Einbettung in die Geborgenheit des Kosmos.

An diesem Punkt entsteht das Spiel der Rückbesinnung auf eine Zeit, in der alles um uns herum noch magisch und mythisch war. So muss es im Umbruch in den Köpfen und Herzen der europäischen Menschen im „Herbst des Mittelalters" gewesen sein. Es entstand das Bedürfnis, sich durch die Passion die alte Welt der Ordnung zurückzuholen. Im Alltag gelingt das nicht, aber im Spiel, und wir wissen auch, dass die Gesetze der Hoffnungswelt nur für diejenige Dauer gültig sind, während der wir spielen.

Passionsspiele sind Schlüsselspiele dieser Art geblieben und sie sind ein Trost vor allem für alle Menschen in der Krise, die im verlorenen Paradies der Alltäglichkeit die Erinnerung an das „Fünklin" Göttlichkeit noch in sich spüren und im Spiel über Mitleid und Trauer den Funken wieder zünden.

Ein Blick zurück in die Geschichte der Passionsspiele im weiten Bogen schärft den Blick auf etwas, das wir für gleichbleibend halten, für eine „lange" und „ungebrochene Tradition". Passionsspiele handeln von Umbrüchen und der Neuordnung der Welt. Dass die Aufforderung zur Umkehr immer gleich daherkommt, ist ein frommer Wunsch. Sie stellt sich immer neu, immer anders, ist im Spiel immer etwas Gegenwärtiges.

Nehmen wir die Schaufel zur Hand und graben wir nach. Es gibt noch viel zu entdecken, wenn wir uns davon lösen, was wir zu wissen glauben. Wir glauben zum Beispiel, dass Passionsspiele eine ernste Angelegenheit sind. Das sind sie wohl auch, mitsamt ihrer frohen Botschaft. Sie sind ernst geworden für uns, die wir, als Enkelkinder des 19. Jahrhunderts, pietistisch frömmeln und zwischen heiter und ernst unterscheiden.

Die alten Passionsspiele lehren uns, dass wir mit der Zweiteilung der Welt nicht weit kommen und Gegensätze künstlicher Natur sind. Das schönste Beispiel für diese Behauptung sind die Figuren von Leben und Tod. Sie haben im Spiel nicht nur ähnliche Namen, nämlich mors und a-mor („untod"), sondern haben beide die gleichen Instrumente in der Hand, mit denen sie auf das Herz des Menschen zielen, nämlich Pfeil und Bogen. Wenn heute noch in Nikolausspielen der Tod nicht mit der Sense, sondern eben mit Pfeil und Bogen daherkommt, haben wir ein Relikt aus der Zeit des symbolischen Denkens vor uns. In diesem Denken sind nicht nur Leben und Tod etwas Gleichzeitiges, sondern fließen Tränen der Freude und des Leids ebenso zur selben Zeit. Im Passionsspiel durfte gelacht werden.

Heute sind wir empfindlich geworden oder tun zumindest so. Sehr schnell ist für uns etwas ein Sakrileg. Menschen, die einst gefestigt im Glauben waren, empfanden nicht einmal frivole Szenen im Heiligen Spiel als anstößig. Gerade die ältesten Tiroler Passionsspiele im ausgehenden Mittelalter waren reich an komischen Auswucherungen der ernsten Handlung.

Wenn die drei Marien am Weg zum Grab Jesu Salben kaufen wollen, kommen sie dazu, wie Knecht Lasterbalg die Abwesenheit des Salbenkrämers nützt, um dessen Frau zu verführen. Derselbe Anlass des Salbenkaufs ist dann auch noch eine gute Gelegenheit für den Auftritt eines Wunderdoktors, des Meister Ypocras, mit lustigen Seitenhieben auf die Scharlatanerie eingebildeter Ärzte. Im Hinweis darauf, dass Christus der Einzige ist, der zu heilen versteht, darf umso mehr gelacht werden. Wenn dann gezeigt wird, dass auch Petrus und Johannes von der Auferstehung erfahren, veranstalten sie einen Wettlauf zum leeren Grab und streiten sich, wer das Recht hat, als Erster ins Ziel zu kommen. Am lustigsten geht es aber in der Hölle zu, zumindest das Publikum hatte da etwa über die Enttäuschung der Teufel zu lachen, denen der Auferstandene die Altväter aus der Vorhölle entreißt. Wie da fuchsteufelswild herumgesprungen wird, gerät geradezu zum Muster von grotesken Moriskentänzen und Kasperliaden. Der Hornansatz am Kasperlkopf ist übrigens eine Erinnerung an seine teuflische Herkunft! Wozu dieser Exkurs gut ist? Wir sollen uns nicht dazu verführen lassen, alles für heilig zu halten, was alt ist, auch wenn es so sein mag, dass sich das Komische vielfach aus dem ernsten Ursprung heraus entwickelt. So ist das ja im Wesentlichen auch bei der Entstehung der Passionsspiele aus dem Bedürfnis einer bildhaften Ausgestaltung der Heiligen Messe. Aber schon beim ersten Schritt hinaus aus den Mustern der Riten kam Komödiantik mit ins Spiel, die wir erst seit 100 Jahren in Leiden-Christi-Spielen vergeblich suchen.

Archäologen haben nach ältesten kulturellen Zeugnissen des geistlichen Lebens in Erl gegraben und 1980 unter der Kirche einen Weihestein gefunden. Die Sensation war perfekt. Der Stein war der Anstoß, das Geburtsdatum Erls um ein halbes Jahrtausend zurückverlegen zu können. Er legt Zeugnis von der Mithrasverehrung ab, einem vorchristlichen Kult, der um 300 n. Chr. römische Staatsreligion war. Mithras ist ein göttlicher Held, der einen Stier tötet, und aus dessen Blut und Samen die Welt erneuert wird. Vorchristlicher Erlösungsglaube. Wenn es also schon zu jener Zeit „am Tor in die Alpen" eine Weihestätte gegeben hat, muss der Ort schon damals von Bedeutung gewesen sein, militärisch, wirtschaftlich und kulturell.

Der strategisch wichtige Ort war dann oft genug Schauplatz von Auseinandersetzungen, bei denen etwas auf Kosten derer ausgetragen wird, die mit den Konflikten an sich nichts zu tun haben. Sie kommen mehr oder weniger unschuldig zum Handkuss. Die Leute im Dorf waren arm und hatten zuzuschauen, wie an ihnen der Reichtum vorbeizog, in Karren auf der Römerstraße und auf Kähnen am Inn, im geschäftigen Treiben zwischen den reichen Handelsstädten Italiens und Süddeutschlands.

Erl ist im Laufe seiner wechselvollen Geschichte oft zerstört worden. Beim Wiederaufbau hat die Passion dann immer wieder geholfen, sei es, um die Kirche neu zu bauen oder um zumindest eingeschmolzene Glocken wieder gießen zu lassen. Die Erler Menschen wussten schon bald, was sie an ihrer Passion haben, und scheuten im Vertrauen auf die Spiele selten ein wirtschaftliches Risiko. 1911 verpfändeten zweiundvierzig Bauern ihr Hab und Gut, um ein neues Spielhaus zu errichten. Dieses überlebte den Ersten Weltkrieg, nicht aber die 1.000-Mark-Sperre. Die Zuschauer aus Deutschland blieben aus. Das Haus ging in Flammen auf und 1938 war an keinen Wiederaufbau zu denken. Nach dem Zweiten Weltkrieg ging es wieder ans Bauen. Und wieder verpfändeten Erler Bauern ihr Hab und Gut, und wieder waren die Berechnungen 1959 – nicht nur für Außenstehende – völlig utopisch. Der Bau kostete im Endeffekt auch um ein Vielfaches dessen, was geplant gewesen war. Und wieder hieß es: „Jetzt sind wir schon so weit, dass wir nichts mehr zu verlieren haben, jetzt müssen wir gewinnen."

Aus Kostengründen wurde auf die Innendecke des liebevoll als „Apostelsilo" bezeichneten Spielhauses verzichtet, Gottlob, das bescherte dem grandiosen Bau mit seinen 1.800 Sitzplätzen (heute 1.500) eine fabelhafte Akustik. 1979 konnte der Verein stolz schon den 700.000sten Besucher begrüßen. Und heute? Der Genius Loci hat dafür gesorgt, dass auch noch ein Festspielhaus neben dem Passionsspielhaus Platz hat und Zuschauer findet.

Der Tiroler Volkskundler und Erler Spielleiter vor hundert Jahren, Anton Dörrer, hatte in Rosenheim eine Urkunde in der Hand, nach der Wallfahrer im Jahr 1613 ein Osterspiel in Erl gesehen haben.

Der älteste Spieltext aus Erl ist in vielen Passagen mit dem „Unterinntaler Paradeisspiel“ aus der Zeit um 1600 identisch. Und dieses wiederum geht neben einer zweiten Quelle auf ein von Sebastian Wild (1565) aus Augsburg geschriebenes Osterspiel zurück. Auch die auf einem Gemälde der ältesten Erler Spieltenne aus dem 18. Jahrhundert verzeichnete Jahreszahl lässt vermuten, dass es schon 1584 in Erl ein Spielhaus gab.

Wie auch immer, 2013 kann mit Recht eine Jahrhundertpassion gefeiert werden, auch wenn das Spiel aus dem Jahr 1613 nicht der Anfang war, sondern lediglich einen Moment im flüchtigen Gang der Ereignisse festhält.

„Ich vergleiche das lebendig dahinwallende Volk einem Strome. Stellen wir uns beobachtend ans Ufer. Nicht bloß die Wellen, welche eben vorüberfluten, sind der Strom, unser Auge möchte sie festhalten, allein sie sind vergänglicher noch als der Augenblick; im Auftauchen versinken sie und gerade das rastlose Ineinandergreifen von Vergangenheit und Zukunft, das Vergehen im Werden, macht erst die Welle, macht den Strom. Es gibt da keine Gegenwart, alles ist nur ein ununterbrochener historischer Prozess.“ So zitierte Viktor Geramb in seinem Buch „Um Österreichs Volkskultur“ den Forscher W. H. Riehl, was Historiker „Entwicklung“, Volkskundler dagegen Traditionen, Schichtung und Überlagerung nennen.

Im Spiel der Wellen glitzert das Licht und in diesem Tanz lässt sich zurückträumen zu Ursprüngen, zurück ins Mittelalter, zu der Quelle im Jahr 1400. Die „Tiroler Urpassion“ mag es vielleicht als Aufführung nie gegeben haben. Sie ist eine Rekonstruktion von Germanisten, die mit großer Akribie Urkunden und Spieltexte verglichen haben. Die Sprachkundler kennen sich im Mittelalter jedenfalls viel besser aus als bei dem, was es für ein weites Spektrum an Volksschauspielen heute gibt. In den alten Zeugnissen ist das Wort niedergeschrieben, und was da steht, ist schwarz auf weiß gedruckt. Das Gesprochene schreibt nichts nieder, sondern hebt etwas auf. Es entzieht sich der Analyse. Da ist das Wort an das Gefühl und die Bereitschaft zur Vermittlung gebunden. Und da ist jedes Wort dann ein Bild, und ein Anstoß beim Betrachter, in dem aus ihm heraus Bilder entstehen, bei denen Archetypisches mitschwingt.

Die Volkskunde, abseits von Textanalytik und Sprachwissenschaft, spricht in Bildern von Wellen und vom Strom. Sie sucht auch nicht nach der Stelle, wo eine Quelle die Qualität des Wassers erklärt, sondern vertraut auf die Quellen, die unerschöpflich sind – ihre Ursprünge sind hoch oben (im Inneren) zu finden.

Felix Mitterer ist der Autor der Erler Jubiläumspassion. Und das darf als Bekenntnis gelten. Lange wurde nämlich so getan, als bestünden Passionsspiele nur aus dem, was in der Bibel steht, daher müsse auch kein Autor genannt werden. Meist stand da nur „bearbeitet" von, oder „abgeschrieben" oder „neu eingerichtet". Manchmal klingen diese Bemerkungen wie Demut, manchmal wie eine zur Schau gestellte Zurückhaltung, so als ob ein Passionsspiel ja doch nur ein Zitatenschatz aus der Bibel sei. Es ist reichlich paradox, denn man könnte mit Recht sagen, dass die Entwicklung von Passionsspielen seit Jahrhunderten hauptsächlich darin besteht, sich allmählich erst dem Bibelwort anzunähern. Die „Passion" hatte in früheren Jahrhunderten, ja noch vor hundert Jahren recht wenig mit der Bibel am Hut, obwohl immer wieder behauptet wurde, man hätte sich nur an das gehalten, was geschrieben steht. Bei dieser Art Zweckoptimismus konnte man sich sicher sein, sich keine Kritik einzuhandeln.

Was ist da nicht alles in Alexandrinern herumgedichtet worden, wie „gehoben" war das Spiel der Spiele! Wie sprachgewaltig formulierten Verfasser Sprachbilder und bemühten sich, heilige Stimmungen damit zu erzeugen. Welche Mühe hatten Spielleiter, mit dem Widerspruch zwischen der kehligen Umgangssprache der Darsteller und dem Anspruch auf Dichtung fertig zu werden. Wie viele Schritte waren nötig, um die Distanz zwischen großen Worten und den Gleichnissen zu überbrücken, aus denen die biblischen Berichte bestehen.

Wenn Volkstheater mit Hilfe einer gehobenen, literarischen Sprache versucht, bürgerliches Theater, „Hochkultur", zu imitieren, will es sich Bedeutung geben, verliert aber gerade dadurch den Charme der Ursprünglichkeit. Und statt der beabsichtigten feierlichen Wirkung geht die Sinnhaftigkeit des Spiels verloren.

Die bis in den Beginn des 17. Jahrhunderts zurückreichenden „Ritterspiele" (Kiefersfelden 1618) kippten um 1800 ihren klassischen Heroismus und bewegen sich seither auf dem schmalen Grat zwischen Ironie und tieferer Bedeutung. Die Passionsspiele taten sich schwerer mit dem Heruntersteigen vom Himmel des literarischen Anspruchs und sie hatten ihre liebe Not mit ihrer Natürlichkeit, die selten dort zu finden ist, wo sie mit Nachdruck behauptet wird.

Mitterer bietet in der Erler Passion 2013 den Spielern einen human gewordenen Sprachstil an, der es ermöglicht, verstehbar und fühlbar mit Bildern umzugehen. Auch ist die vorliegende gedruckte Textausgabe darin ein Novum, dass sie Bibelzitate nachweist, was auch deshalb recht sinnvoll ist, weil mehrfach auf solche zurückgegriffen wird, die bislang noch nie in einer Passion zu hören waren.

Die Erler Passionsspiele sind mit der Zeit individueller und menschlicher geworden. Lange haben sich Kirchenvertreter und weltliche Behörden dagegen gewehrt und gegen den „krassen Anthropomorphismus" gewettert, der im Spiel die Religion herabwürdige. Vor hundert Jahren räumte Anton Dörrer mit einigen Vorurteilen klärend auf. Das bürgerliche Theater sei, so hieß es davor, individuelles Theater, bei dem am Anfang immer der Autor mit einer originalen Schöpfung stehe. Beim Volksschauspiel gehe es aber um Spielgut aus dem Mittelalter, das, gefiltert durch das Verständnis von Bauern und anderen Unterschichten, weitertradiert werde „bis in unsere Tage". Im Übrigen aber handle es sich dabei um Wurmfortsätze einer in unserer urbanen Welt verschwundenen Kultur. „Es ist lächerlich", so Anton Dörrer, „wenn man noch heute das Passionsspiel als Volkskunst, als Bauernerfindung preist. Die Passionen waren im Grunde stets das Werk gelehrter Köpfe, auch wenn man sie vielleicht nicht namentlich kennt, und so blieb es durch die Jahrhunderte bis heute."

Die Träger der Tradition und die Forschung haben sich stets darum bemüht, das Gleichbleibende der „Bauernpassionsspiele" im Laufe der Jahrhunderte hervorzuheben und das, was sich verändert, in der Betrachtung zu vernachlässigen. Und da die Bibel als Vorlage sich ja nicht geändert hat, fällt es leicht, glaubhaft zu machen, dass Passionsspiele immer schon so ähnlich waren, wie wir sie heute kennen. Und so gehen wir davon aus, dass der Ort dieser Spiele Jerusalem ist und als Zeit die Tage von Gründonnerstag bis Ostersonntag des Jahres 33 gemeint sind. Wir meinen auch die Rollen sehr gut zu kennen, wissen um die Namen der Hauptakteure, die Römer, den Hohen Rat, die Jünger. Jesus ist demnach die Hauptfigur, viel Volk ist immer dabei, und auch der Esel darf nicht fehlen.

All das gehört zur „Passion", seit diese ein „Spiel vom Leiden und Sterben Jesu Christi" ist. Davor wurde unter der „Passion" der ganze Prozess der Menschwerdung des Menschen verstanden. Und dabei ging es ganz ähnlich zu wie in „Krach im Haus Gott" von Felix Mitterer. Zur Zeit des nachweislichen Beginns der Erler Spieltradition ging es in erster Linie um das „Recht, dass Christus stirbt", also um theologische Hintergründe zur Passion in volkstümlichen Bildern wie folgt:

Nach dem Schöpfungsbericht verdonnerte der Herr im Himmel seinen Lichtträger, den Luzi-fer. Dieser einst leuchtende Lieblingsengel war wunderschön und glänzte umso strahlender, als das Licht, das er zu tragen und hüten bekam, in seinen Augen zurückstrahlte. Er schaute sich in den Spiegel, vergaß auf die Lichtquelle und bildete sich ein, selbst zu strahlen. Aus dem Lichtträger wurde ein eitler Strahlemann. Und da scharten sich viele Engel um ihn, weil er eine so schöne Erscheinung war und Sendungsbewusstsein ausstrahlte. Aber der Sendungsverantwortliche, der Herr im Himmel, sah das gar nicht gern und verteufelte Luzi-fer samt dem zehnten Himmelschor. Jetzt brauchte es einen

Ersatz für die fehlenden Himmelskörper. Der liebe Gott dachte eine Ewigkeit hin und her, ob es sich wohl lohnt, noch ein Abbild seiner selbst in die Welt zu setzen, und schuf den Menschen auf Probe, das heißt, es wurde ihm verboten, Äpfel zu essen. Der hat in vollen Zügen alle Früchte des Paradieses inklusive seiner Eva genossen, bis diese das Verbot auf Anraten einer Schlange für widersinnig hielt und in den Apfel biss, nichtsahnend, dass er faul war. Da hat dann der Tod seinen großen Auftritt und hält dem Publikum den rotbackigen Apfel als Inbegriff des Lebens vor die Augen. Er dreht ihn um. Die andere Seite zeigt den angefressenen Apfel als Totenschädel. Der Mensch habe, so wird mit unheimlicher Memento-Mori-Stimme erklärt, „den Tod in sich hineingefressen". Noch 1912 beinhaltete das Erl-Textbuch ein „Paradeisvorspiel", mit dessen Abdruck an die Welttheaterdimension älterer Spiele zurückerinnert wurde. Darin wird auch noch näher beschrieben, wie und wo die Szene dargestellt wurde. Der Platz vor dem Kirchentor nennt sich Paradies und da stehen zu bestimmten Zeiten rechts und links der Baum des Guten und des Bösen, auf dem schöne Äpfel hängen. Die sind allerdings mit Schnüren derartig befestigt, dass sie über einen Mechanismus beim Apfelbiss umgedreht werden können. Plötzlich stehen da an Stelle der Christbäume Totenkopfbäume.

Die große Rede des Todes vor dieser Kulisse muss wohl höchst eindrucksvoll gewesen sein: „Da hilft weder Demut noch Tugend, auch weder Schönheit und Jugend. Wenn die Zeit kommt, bist du dran, Weib, Kind oder Mann."

Der Apfelbiss ist eine selbsttätige Handlung eines Geschöpfes, das zu gehorchen hat. Die Strafe ist schon deshalb unausweichlich, weil der Mensch nicht als

Individuum geschaffen wurde, sondern als Objekt im Kampf zwischen Himmel und Hölle.

Zurück zum nächsten Akt: Die Höllischen protestieren, dass der Mensch in der Gnade steht, nur auf die Erde geschickt zu werden, obwohl er die Hölle verdient habe. Die Luziferischen kündigen einen Weltkrieg an und drohen den Himmel zu erstürmen. Der liebe Gott beruft ein Schlichtungsgremium ein. Wahrheit, Gerechtigkeit, Barmherzigkeit und Friede beraten und erwirken einen auf 5.000 Jahre begrenzten Beschluss, dass die Höllischen das Recht haben, Menschen zu verführen und in der Vorhölle in Gewahrsam zu halten. Von dort aus gibt es jede Menge Stoßgebete der Altväter und Interventionen der Barmherzigkeit, doch Gnade vor Recht ergehen zu lassen. Luzifer will von all dem nichts wissen. Bevor er nicht begnadigt wird, will er niemanden aus seiner Macht lassen. In einer herzzerreißenden Rede bittet er um Wiedereinstellung in seine alte Funktion als Lichtträger. Umsonst. Gut, dachte er, wenn der Herr im Himmel Krieg haben will, beginne ich mit dem Quälen der mir übergebenen Menschen. Abermals tritt der höchste Engelsrat zur „litigatio sororum“ zusammen. Das Gremium kommt zum Schluss, dass der liebe Gott, um gerecht zu bleiben, in der Situation nicht mehr umhinkommt, seinen Sohn zum Zweck der Erlösung der in der Vorhölle schmachtenden Altväter zu opfern. Gesagt, getan. Nach den Episoden der Szenen auf der Erde, der Geburt und des Leidens und Sterbens Jesu steht Christus von den Toten auf und entscheidet den Weltkrieg. Er sprengt die Höllenpforte. Das oberste Triumvirat im Reich der Dunkelheit, Luzifer der Traurige, Satan der Kriegsherr und Belial der Verschlagene, rüstet neu auf und stellen sich dem Endkampf im eschatologischen Streit zwischen den sieben

Todsünden und den sieben Tugenden mit dem Ergebnis des Jüngsten Gerichts.

Man muss sich die Geburt der „Leiden-Christi-Spiele“ aus dem Geist diesen volkstümlich-barocken christlichen Welttheatermysteriums vor Augen halten, um zu verstehen, dass es lange gedauert hat, bis das Menschliche, das Erdengeschehen, an der Passion zum mehr oder minder ausschließlichen Gegenstand geworden ist.

Auf der anderen Seite müssen wir uns dessen bewusst sein, dass wir die Passion nicht nur in ihren mythologischen Anteilen, sondern sogar auch noch in ihren magischen Vorstellungen nach wie vor in uns tragen, auch wenn wir längst „aufgeklärt“ sind und nicht mehr daran glauben, dass „gelobte Spiele“ ein Mittel sind, um Unglück abzuwenden, wie das vor zweihundert Jahren noch der Fall war:

Adolf Pichler – der aus Erl gebürtige Volksbildner und Dichter – erzählte viele Geschichten über den Aberglauben, wetterte gegen den Mangel an Einsicht und stellte die Verknüpfung von Schuld und Unglück an den Pranger, mit der sich der Unmut von Unterdrückten unterbinden lässt.

Da habe zum Beispiel eine Gemeinde ihren jungen Pfarrer beschuldigt, sein Handwerk nicht zu verstehen, weil trotz Wetterläuten und heiligem Spiel der Hagel die Ernte vernichtet habe. „Das wäre bei unserem alten Pfarrer nicht geschehen“, hätten die Leute im Dorf gesagt. „Der hat noch gewusst, wie man mit Unwettern umgeht und wie man Passion spielt!“ Und es war wohl auch so, dass es der alte Pfarrer davor verstanden hatte, seiner Gemeinde klarzumachen, dass der Hagel keine Strafe Gottes für auf der Hand liegende Sünden ist. Genauso ist das auch mit gelobten Spielen. Sie verhindern zwar weder Kriege noch Pest, aber sie befreien vom Druck des schlechten Gewissens, dass sie als Strafe Gottes für Sünden anzusehen seien, weil die Erbschuld durch das Opfer gelobter Spiele gesühnt werden könne.

Gelobten Spielen wurde lange magische Kraft unterstellt. Und ganz frei sind wir auch heute nicht davon, wenn es darum geht, Rollen zu spielen, in die man hineinschlüpft und nicht mehr ganz herausfindet. Karl Schönherr hat diesen Vorgang am Beispiel des Judasdarstellers der Passion in „Der Judas von Tirol“ zum Thema gemacht. Und Felix Mitterer führte in seiner „Passion einer Frau“, in „Stigma“, vor, dass es zwischen Himmel und Erde einiges gibt, wofür wir zwar Ausdrücke wie Zauberei, Magie und Dämonie haben, aber in dessen Angesicht wir trotz aller Weisheit der Psychologie letztlich doch noch auf die alten Mittel der Dämonenaustreibung zurückgreifen. In uns leben Dämonen, unerlöste Naturen, auch wenn sie keine Teufelsnamen tragen. Wenn mit Masken gespielt wird und wir das Gesicht der Spieler auch dahinter kennen, bleibt da immer noch ein Rest von nicht aufklärbarem Unbehagen, sowohl beim Betrachter als auch beim Spieler selbst.

Die Passion ist ein Spiel, das auch in seiner reduzierten Form als „Leiden-Christi-Spiel“ von der Überwindung des Dämonischen, der unerlösten Natur, handelt, auch wenn keine Dämonen in Gestalt von Teufeln drin auftreten. Vor 150 Jahren hat man sie noch auf der Bühne umherteufeln gesehen. „Das Böse“ war keine abstrakte Vorstellung, es kam nicht nur im Vaterunser als Bitte „Erlöse uns vor dem Bösen“ vor, sondern es sprang als „unerlöste Natur“ tiergestaltig und wild gestikulierend auf der Bühne umher. Die Zuschauer sollen sehen, dass der Mensch nicht mehr, als der Spielball im Kampf zwischen Himmel und Hölle, solchen Dämonen ausgeliefert ist. Robert Weißenhofer erinnert sich 1905 im Vorwort zur Thierseer Passion an die Zeit der Teufel im Passionsspiel. Da habe es neben Luzifer und großen Teufeln auch noch den kleinen Teufel gegeben, „eine gelungene Figur, der Typus eines Höllengeistes, der alle Regungen der Reue in der Seele des Judas auf die boshafteste Weise unterdrückt und erstickt. Er bringt dem Verräter des Herrn den Strick, an dem er sich erhängen soll; und nachdem dies geschehen, stimmt Luzifer das Chorlied an: Frohlocket ihr Fürsten der Hölle, obsieget hat unsere List.“ So war das in Thiersee und in Erl gab man sich in Sachen Höllendarstellung noch viel drastischer und fernab der Bibel. Die Vermummungen der Teufel waren 1790 so schrecklich und abscheulich, dass die Behörde den Unfug untersagte, um „Kinder und schwangere Frauen“ vor den Folgen des Anblickes zu schützen. Nachdem die Unholde dann einige Jahrzehnte lang in Jägerkleidung auftreten mussten, um der aufgeklärten Zeit Genüge zu tun, tobten sie sich 1850 unter Jakob Mühlbacher in Erl in altgewohnter Art wieder „original“, wie die Schützenzeitung 1859 lobte, aus. „Der Teufel spielt mit seiner ganzen Familie, mit großen und kleinen Teufeln, in der Passion zu Erl eine Hauptrolle. In der grotesken Verzweiflungsszene, wo Judas sich erhängt und nach allen Regeln der Scharfrichterei mit Armen und Beinen an einer Tanne zappelt, bis ihm der Atem ausgeht und er als gänzlich erschlaffter Leichnam sich präsentiert, sind Teufel und Teufelchen emsig damit beschäftigt, ihm die letzten Liebesdienste zu erweisen.

Einer wirft ihm den Strick zu, ein anderer dient ihm als Fußgestell und wieder andere zerren ihn am Aste empor, dann öffnet sich zum Entsetzen des Publikums der ganze Höllenschlund, es erscheint unter Colophonium-Blitzen der Generalissimus der Teufel, ein infernalischer Gesang ertönt, und endlich wird des Judas Leichnam dem Schlund überliefert." Das geschah aber nicht, ohne dass ihm der Bauch aufgeschlitzt wurde und sich die Dämonen schmatzend an die Eingeweide, alias Knackwürste, machten.

Die Passion ist 1866 dann „bereinigt" worden. Das heißt, die Teufel hatten darin keinen Platz mehr. Das Spiel ließ – bis auf die „lebenden Vorbilder" zu jedem Akt – allmählich Himmel und Hölle aus dem Spiel, es fand nur mehr auf der Erde statt und wurde „historisch". Damit ist aber auch Judas nicht mehr die Marionette an den Fäden von Teufeln, sondern ein selbstbestimmter Mensch, historisch geortet als Revolutionär im Dienst der Errichtung eines jüdischen Gottesstaates. Mit der Reduktion der Passion auf die historisch-realistische Ebene wird das „Leiden-Christi-Spiel" allerdings nicht weniger antisemitisch als zu jenen Zeiten, in denen immerhin zwischen „dem Juden" und „dem Bösen" unterschieden worden ist. Judas nimmt das Geld in die Hand, aber er ist in der Hand der Teufel. Verschmelzen die Figuren des Teufels und des Judas, wird nicht mehr differenziert und aus Judas wird „der Jude" als Figur, die mit „dem Bösen" verschmolzen ist, und so wird „der Jude" verteufelt. Damit wurde der Antisemitismus erst recht völkisch.

Um sich in diesem Punkt ganz unmissverständlich von alten Lasten zu distanzieren, lässt Mitterer in seiner Passion Judas den Weg Jesu bis zum Ende begleiten und verzichtet auf die – theatralisch auch ohne Teufel wirkungsvolle – Darstellung des Selbstmordes. Er betont damit, dass Judas als Jünger mit seinem „Verrat“ im Dienst der Vorsehung handelt. Den eigentlichen „Verrat“, so die Botschaft, begehen dagegen alle, die den nationalen Kampf im Dienst der Schaffung eines Gottesstaates führen wollen und nicht zwischen dem Reich Gottes (Glaubenswirklichkeit) und dem Gottesstaat (politische Realität) unterscheiden. Es braucht, um das zu vermitteln, weder Strick noch Baum, weder das Verzehren von Gedärmen noch den Typ des geldgierigen Erzverräters.

Ein weniger geläufiges „schweres Erbe“ der Passionsspiele sind Bildprägungen. Was sehen wir auf der Bühne? Sind es Szenen wie aus dem Spielfilm „Ben Hur“? Erwarten wir szenische Abbilder dessen, was wir als Illustrationen von Armenbibeln kennen? Darf ein letztes Abendmahl anders aussehen als das, was Leonardo da Vinci gemalt hat? Sucht der Passionsbesucher Betrachtungsbilder, bei denen er sich zurückerinnert, wie er staunend erste Bilderbücher angeschaut hat? Welche Mittel haben wir in Händen, um von vorgeprägten Abbildern wegzukommen, um die Bilder im Kopf loszuwerden, die uns vom symbolischen Erfassen der biblischen Gleichnisse trennen?

Die Jubiläumspassion 2013 stellt diese Fragen und findet Antworten im Zusammenspiel von Visionen eines Teams rund um Markus Plattner, das große Schaubilder komponiert und den Bogen zurückzuspannen versteht in die Zeit des symbolischen Denkens.

Einen ersten Anstoß zu dieser Umkehr, bei der die „Leiden-Christi-Spiele“ wieder Symbolcharakter bekommen, lieferte schon die Jahrhundertpassion von 1912. Da ist bereits versucht worden, die historisierenden Bilder durch künstlerisch Gestaltetes zu ersetzen. Egger-Lienz kam den Erlern dabei zu Hilfe. In seinem Gemälde „Wallfahrer am Kreuz" ist der Gekreuzigte als Gestalt der Glaubenswirklichkeit hier und jetzt gegenwärtig. Programmatisch wurde aus diesem Bild das Plakat der Passion bis 1985. Diejenigen, die neben dem Gekreuzigten stehen, sind keine Gestalten aus römischer Zeit, sondern Bauern der Gegenwart. Der Gedanke war kühn. Die Kostüme wurden entworfen, waren künstlerisch farbenprächtig gestaltet, eine Mischung aus Trachtenelementen und Andeutungen zur Historie. Die Entwürfe gingen offenbar noch einen Schritt zu weit, sie wurden nicht realisiert, aus Zeitgründen, hieß die offizielle Version. Oder vielleicht war es auch so: Die Zeit war noch nicht reif. Heute ist sie es.

Vorliegendes Nachwort kann nicht zum Schluss kommen, ohne auf die Passion des Autors mit seinen Passionen hinzuweisen, wobei sich der Anlass zu einigen Exkursen zum Stellenwert des Lachens in der Passion als Angelpunkte ergibt.

Felix Mitterers erstes Passionsspiel war, auch wenn er es „Volksstück" nannte, „Kein Platz für Idioten", sein zweites, „Stigma", nannte er bereits „eine Passion". Leidensgeschichten, „Passionen", sind viele seiner Stücke, und was er selbst auf der Bühne dargestellt hat und 2013 in „Ein Bericht für eine Akademie" von Franz Kafka darstellt, waren und sind allemal Leidensgeschichten. Am eindrucksvollsten erlebte ich das bei den „drei Teufeln vom Brixental". Da ließ Mitterer den Hauptverbrecher, „Bubi", in der Ekstase seiner Vernichtungswut provozierend gen Himmel rufen: „Es gibt keinen Gott. Es gibt keinen Vater im Himmel, weil es keinen Vater auf Erden gibt." Und der Darsteller schrie das in einer Art der existenziellen Not, so als wäre er Jesus am Ölberg: „Mein Gott, mein Gott, warum hast du mich verlassen."

Die Identifikation mit gequälten Kreaturen trug Mitterer die Zuordnung zu jenen Schriftstellern ein, die „uneinig mit sich selbst und unglücklich in ihren Erfahrungen von Menschheit" sind. Das Zitat stammt von Friedrich Schiller, der sich selbst in diesem Sinn zu den „sentimentalischen" Dichtern zählte: „Unser Gefühl für Natur gleicht der Empfindung des Kranken für die Gesundheit." Schreiben aus diesem Gefühl heraus ist Trauerarbeit. Man trägt die Erinnerung an das Paradies in sich, in das man sich zurücksehnt, und weiß, dass das nur im Spiel und für die Dauer eines Spiels möglich ist. Das schärft allerdings den Blick für das Unrecht an wehrlosen Menschen. Dem „sentimentalischen" Dichter ist durch seine unzerstörte Erinnerung an Geborgenheiten früher Jahre ein hohes Maß an Einfühlungsvermögen eigen. Mit Empathie identifiziert er sich mit den Naivsten, sprich „Reinsten", und den „Geringsten" der Gesellschaft. Seine Mit-Leidenschaft gilt jenen, von denen geschrieben steht: „Was du einem der geringsten meiner Brüder und Schwestern angetan hast, das hast du mir getan."

„Wastl" in „Kein Platz für Idioten" ist so ein Geringster, über dessen Einfalt man lacht, „die es noch nicht versteht, sich zu verstellen" (Schiller).

Mitterer hat mit seinem „Idioten" ein lange nachwirkendes Signal gesetzt und einer Forderung von G. E. Lessing zum Durchbruch verholfen, die besagt: Es ist unmoralisch, Menschen mit Fehlern der Natur („Behinderte“) auszulachen. Die Untugend des Auslachens ist als solche bei Volksbühnen seit dem Signal „Kein Platz für Idioten“ erkannt. Es gibt sie allerdings nach wie vor, vor allem im größten Volkstheater, dem Fernsehen, mit Sendungsverantwortlichen von luziferischem Ausstrahlungsbewusstsein im Dienst von Quotenfang, man möchte sagen: Seelenfang. Das diabolische Prinzip ist einfach. Man lache auf Kosten von Menschen, die sich dessen nicht erwehren können. Diese machen sich in ihrer Unbedarftheit zum Narren. Sie spielen mit, weil ihnen das Ausgelachtwerden die Illusion gibt, Beachtung zu finden. Die Tragödie hinter diesem Zynismus der Schaustellung hat Franz Kafka in „Ein Bericht für eine Akademie“ zum Thema gemacht. Es ist kein Zufall, dass Felix Mitterer diesen Text als „Abschluss“, wie er sagt, seiner Schauspielerlaufbahn 2013 in Wien und Telfs zum Besten gibt.

Der interessanteste kulturgeschichtliche Aspekt bei der Quotenfängerei mit Hilfe des Auslachens und Ausschließens der Verlachten ist das Phänomen der, ich nenne es – Tendenzumkehr. Man lacht und klopft sich die Schenkel, man grinst und strahlt, spottet oder lächelt süffisant, bis es irgendwann einmal dem Opfer der Lustigkeit zu viel wird. Es lässt sich nicht provozieren. Es spürt zwar zunehmend deutlich Wut im Bauch. Aber die Machtverhältnisse lassen es nicht zu, sich zu wehren, es sei denn, sich zum Opferdasein zu bekennen. Mit diesem Bekennen schlägt das tendenziöse Auslachen in Mitleid um.

Und genau damit beginnt eigentlich die vergessene Urgeschichte der Passionsspiele in der Antike.

„Der Christ“ ist in römischen Mimusspielen die lustige Figur, so wie der Dorfdepp im alten „ländlichen

Lustspiel". Unter Domitian, gerade einmal fünfzig Jahre nach der Kreuzigung Christi, wurde das Leben Jesu bereits in Form von Schwänken gespielt. Und das war um einiges schräger und blasphemischer als in Monty Pythons „Leben des Brian". Es ging den Römern darum, Christen als Idioten hinzustellen.

Überliefert ist unter anderem die Geschichte vom Mimen Ardalio, der die Rolle des lächerlich zu machenden Christen irgendwann nicht mehr aushielt. Über die denunzierende Art des Auslachens sei er – so wie Mitterer als Darsteller des „Wastl" in „Kein Platz für Idioten" bei der Uraufführung seines ersten Stückes – in Wut und Zorn geraten. Der Mime Genesius (300 n. Chr.) erlebte nicht minder die Tendenzumkehr vom Auslachen über die Wut bis zum Bekennen mit dem Effekt des Mitleidens beim Publikum. Als Harlekin verkleidet, Grimassen schneidend und mit komischen Bewegungen stellte Genesius den „von der Krankheit des neuen Glaubens befallenen" Menschen dar. Er sollte das Publikum mit seinem Jammern belustigen. Er sollte ihnen mit grotesken Gesten vormachen, wie schwer für ihn das Leben zu ertragen sei. Er sollte sein Schicksal bejammern und den Zuschauern erklären, dass er am Weg zum Fluss sei, um sich durch die Taufe zu erleichtern, um sich erlösen zu lassen. Ein Gegenspieler habe dann die Aufgabe gehabt, ihm klarzumachen, dass er als getaufter Christ werde Verspottung, Misshandlung und die Kreuzigung auf sich nehmen müssen, woraufhin der Christ zu strahlen beginnen und den Mahner zum Gaudium des Publikums umarmen sollte. Mit zunehmender Wut habe Genesius das Spiel weitergespielt, so als hätte er keine Wut und keine Trauer. Nichts mache ihn glücklicher, hätte er weiter zu sagen gehabt, als die Vorstellung, um des wahren Glaubens willen Qualen zu erdulden. Unter Absingen von Spottliedern und unter Gekreische der Zuschauer folgte dann die Szene, wie der Christennarr, immer noch hellauf begeistert in Erwartung der Erlösung, dem Gericht vorgeführt wird. Genesius, so heißt es, habe sich bis zu dieser Stelle auslachen und verspotten lassen, um am Ende vor dem Urteilsspruch in etwa Folgendes zu erklären: „Ihr habt geglaubt, dass all das, was ich euch vorführe, Grimassen sind und lächerliches Zeug sei. Ihr habt mich verspottet und ausgelacht. Und ich habe mitgespielt. Es ist aber kein Spiel mehr. Hört die Wahrheit. Ich bin Christ."

Ob diese Geschichte nun tatsächlich so war oder nur als „wahre Geschichte" überliefert ist, tut wenig zur Sache. So oder so berichtet sie vom Phänomen der Tendenzumkehr, vom Umbrechen der „Hetz" zum Ernst. Die Sprache verrät, was mit dem Auslachen geschieht. Es wird eine Hetzjagd veranstaltet.

Es gibt noch ein bemerkenswertes Kapitel aus der Passionsspielgeschichte, das vom inneren Zusammenhang zwischen dem „Sentimentalischen" und dem Auslachen erzählt.

Es geht um den Esel. Er trägt die Heilige Familie auf der Flucht vor den Kindermördern. Er trägt Jesus nach Jerusalem. Er ist eine Figur, über die es auch in Erl einen Witz gibt. Alle, die bei der Passion mitmachen, kommen aus Erl, nur zwei nicht, der Esel und der Regisseur. Der Esel ist ein Fremder, fremd dieser Welt und dazu geboren, sich für die Erlösung zu opfern.

So wie „Wastl" ist er eine Lachfigur, die zum Umkippen in Empathie und zum Bekennen auffordert. Er ist auch ein Inbegriff der Reinheit, der Jungfräulichkeit, von der die Mystiker predigten: „Unschuld ist die Abwesenheit fremder Bilder." Der Esel ist immer bei sich, er lächelt gütig, wenn er ausgelacht wird, und trägt in sich unbehelligt von jedem Zwang zur Anpassung die Erinnerung an das Paradies, so wie „Rotpeter“ im „Bericht an eine Akademie“. Dieser Esel ist in seiner Unbedarftheit ein Geschöpf, das dem Herrgott nähersteht als alle geistlichen Würdenträger.

Und deshalb wurden ihm zu Ehren im Mittelalter „Eselsmessen“ gehalten. Geistliche verkleideten sich als Dirnen, Kuppler und Musikanten und als solche sangen sie im Chorraum zotige Lieder. „Die Subdiakone verzehren auf dem Altar Würste, und während der Wandlung spielen sie mit Karten und Würfeln. Einer legt ins Rauchfass statt Weihrauch Stücke von alten Schuhsohlen und Exkremente, damit dem Messe-lesenden Priester der Gestank in die Nase steige. Sie halten die Bücher verkehrt und singen keine Psalmen und liturgischen Gesänge, sondern murmeln unverständliche Worte oder blöken lautstark wie das Vieh.“ Und all das wurde nicht als Skandal empfunden, sondern als Ausgelassenheit, die jedes Jahr einmal sein durfte, um dem Geschöpf der Unschuld, dem Esel zu huldigen.

Noch mehr in die Seele dieses „Geringsten“, für den der Menschensohn Mensch geworden ist, lässt La Fontaine in seinem Gleichnis von der Konferenz der Tiere schauen. René Girard kommt in seiner historischen Theorie des Sündenbocks, in seinem Buch „Ausstoßung und Verfolgung“, auf diese Fabel zurück und erklärt dabei gesellschaftspolitische Hintergründe der Passion, so wie das auch die Erler Jubiläumspassion 2013 aufzeigt.

Wir haben, sagt Markus Plattner sinngemäß, die Pilatus- und Herodesszenen zusammengefasst in ein Sinnbild.

Die Bühne ist ein Schachbrett und die Mächtigen, auch der Hohe Rat natürlich, setzen Züge im Spiel um Ruhe und Ordnung, wie sie eben können. Alles bewegt sich, nur einer bleibt beharrlich stehen, Jesus, und weil er stehen bleibt, setzen sich alle, die sich heftig um das Volk bemühen, schachmatt.

Das Szenenbild übersetzt, was die Fabel von der Konferenz der Tiere präzisiert.

Die Führer der unterschiedlichsten Tierrassen sind aus Anlass einer furchtbaren Pest zusammengekommen und beraten, wie das Übel aus der Welt zu schaffen sei. Jeder der Tierabgeordneten fühlte sich aber bemüßigt, nicht Pläne für eine bessere Zukunft zu unterbreiten, sondern sich zu verteidigen. Sein Volk trage keine Schuld am Übel, sagt der Vertreter der Geier, man bringe ja die jungen Lämmer nicht schuldhaft um. Man töte ja nur, um selbst zu überleben. Der Geier ist im Grunde so wie alle anderen davon überzeugt, dass es einen Schuldigen an der Pest geben müsse. So wie der Geier findet jeder Vertreter seines Volkes eine einleuchtende Entschuldigung für aggressives Handeln und versucht sich aus der Schusslinie der Schuldzuweisung zu nehmen. Nachdem sich also alle Tiere in dieser Weise entschuldigt haben, kommt schließlich der Esel an die Reihe. Er hat keine Entschuldigung auf Lager. Er bleibt da bockig an Ort und Stelle stehen. Er bewegt sich nicht. Er nimmt sich nicht aus der Schusslinie. Und so wird er zum Opfer erwählt. Dem Sündenbock wird alles aufgeladen, was die anderen nicht auf sich nehmen wollten.

Einer musste es für alle tragen, der „Schwächste, der Verwundbarste“, sagt La Fontaine. Der springende Punkt erscheint mir aber, dass er der sensibelste ist. Er, der „Geringste“, erlebt in der allgemeinen Krise das hohe Maß an Konsensbedürfnis der Gesellschaft ebenso wie die mangelnde Bereitschaft, die Krise als Möglichkeit des Endes aller Spiegelungen und Projektionen anzunehmen.

Er kämpft nicht für diese Wahrheit. Benennt sie nur. Und er weiß um den Preis. Er weckt bei seinen Tiergenossen das Gewissen auf, das diese zum Schweigen bringen wollten. Er bezahlt dieses Aufrütteln mit dem Tod.

Der Fabel wäre eigentlich nichts mehr hinzuzufügen, es sei denn etwas Persönliches zur Ausklang.

Ich erinnere mich an meine erste Zusammenarbeit mit Felix Mitterer, 1987, das war auch so eine Passion. Sie handelte von den „Zillertaler Auswanderern". Ein ganzes Tal erinnerte sich da an die letzte Protestantenvertreibung. Vorangegangen war dem Ereignis ein provokanter Film, bei dem viele aus dem Tal mitspielten, nichtsahnend, dass die Aufnahmen dazu benützt worden sind, „den Zillertaler" als einen Esel hinzustellen, als einen Menschenschlag, der nur dem Geld nachläuft und das Tal ausverkauft. Die Wut über die Provokation schlug um in die Offensive der Gründung der „Zillertaler Volksschauspiele". Und so kam Mitterer dazu, über die Passion auseinandergerissener Familien und das Leiden der Vertreibung ein Schlüsselstück über die Befindlichkeit, die da in der Luft lag, zu schreiben.

Am Schluss des Stückes sollte der katholische Pfarrer im Spiel dem Herrn im Himmel mit „Großer Gott, wir loben dich" dafür danken, dass die vom katholischen Glauben Abtrünnigen endlich das Tal verlassen müssen und der Glaube damit wieder „rein" ist. Die Zuschauer sollten hin und hergerissen werden zwischen Mitleid mit den armen Auswanderern und der

Wut über den halsstarrigen Geistlichen, der sich über den Hinauswurf derer, die sich anders zum Glauben bekennen, freut. Und da hatten wir ein Gespräch darüber, wie Zuschauer entlassen werden sollten, und wir fragten uns, ob wir uns mit Wut auf der einen und Mitleid auf der anderen Seite zufriedengeben sollen. Wenn am Ende der Pfarrer am Pranger stehen soll, dann wäre ein Urteil gefällt worden, dann hätte sich die Absicht des Spieles auf die Rehabilitierung Verfolgter beschränkt. So kann immerhin ein schändliches Kapitel aus der Geschichte, im Spiel noch einmal nacherlebt, gleichsam ein Akt der Sühne sein. Dann wären die Zuschauer mit Hilfe des Theaters aufgerüttelt worden.

Dann wäre das Spiel aber kein Passionsspiel geworden, sondern ein Agitationsstück zur Verurteilung von Uneinsichtigkeit und Mangel an Toleranz. Das Spiel hätte die Aufgabe erfüllt, Unrecht noch einmal als Unrecht darstellen, um spät aber doch noch jemanden zu finden, der sich für einst erlittenes Unrecht entschuldigt. Es hätte das Spiel auch durch die Vergegenwärtigung der Geschichte dazu beigetragen, sich mit ihr zu versöhnen. Für gutes Theater hätten diese Ziele mehr als genügt.

Eine Passion aber gibt sich damit nicht zufrieden. Ein Passionsspiel ist kein Drama, das mit der Isolation eines verblendeten Helden endet. Im Passionsspiel sind alle verblendet, nur der nicht, von dem das Spiel handelt. Und deshalb endet die Passion auch nicht mit dem Untergang, sondern mit der Auferstehung.

Der Pfarrer sang also am Schluss nicht sein Triumphlied „Großer Gott, wir loben dich". Er kniete sich in die Mitte der Bühne, faltete die Hände. Und zu den Schritten der Auswanderer und zu dem Hufklappern der Pferde, die knarrend die Karren vom Platz führten, betete der Pfarrer das Vaterunser: „Vergib uns unsere Schuld“.

Ekkehard Schönwiese

Stab und Besetzung der Passionsspiele Erl 2013

Regie	Markus Plattner
Musik	Wolfram Wagner
Bühnenbild	Annelie Büchner
Kostüme	Lenka Radecky
Licht	Ralf Wapler

Jesus	Harlander Florian und Kronthaler Erwin
Der Auferstandene	Osterauer Harald

Apostel

Simon Petrus	Kneringer Wolfgang sen.	Esterl Christoph
Johannes	Harlander Andreas jun.	Schreder Florian
Jakobus d. Ältere	Maier Josef	
Andreas	Maurberger Florian	
Philippus	Dresch Simon	
Bartholomäus	Moser Michael	
Thomas	Esterl Christoph	
Levi-Matthäus	Pfisterer Johann	
Jakobus d. Jüngere	Schreder Florian	
Judas Thaddäus	Neuschmid Andreas	
Simon der Zelot	Buchauer Rudolf	
Judas Iskariot	Kneringer Gerhard	Bachmann Peter

Frauen

Maria (Mutter Jesu)	Mager Eva	Maier Barbara
Maria Magdalena	Daxer Nicola	Maurberger Anna
Maria (Frau v. Simon)	Maier Barbara	Pfisterer-Rathgeb Birgit
Maria (Frau d. Kleopas)	Pfisterer-Rathgeb Birgit	
Salome	Maier Renate	

Hoher Rat

Annas	Harlander Andreas sen.	Kronthaler Alois
Kaiphas	Prantner Josef	Esterl Peter
Nikodemus	Neuschmid Hermann	Knaubert Michael
Josef v. Arimathäa	Kronthaler Alois	Knaubert Michael
Jonathan	Hager Peter	
Alexander	Dresch Hans	
Gad	Osmak Andreas	
Semes	Erharter Josef	
Gamaliel	Trockenbacher Hubert	
Jairus	Bachmann Johann	
Moses (1. Pharisäer)	Neuschmid Josef	
Messa (2. Pharisäer)	Esterl Peter jun.	
Samuel (3. Pharisäer)	Daxenbichler Georg	
Amos	Hochstaffl Werner	
Nathan	Knaubert Michael	

Tempelwache

Malchus	Steindl Klaus	
1. Tempelwächter	Rainer Reinhard	
2. Tempelwächter	Dresch Thomas	
3. Tempelwächter	Anker Karl	
4. Tempelwächter	Maurberger Dietmar	
5. Tempelwächter	Schreder Franz	
Ehebrecherin	Neuschmid Maria	Maier Renate
Pförtnerin	Dresch Lea	
Magd	Maurberger Anna	
Besessener	Buchauer Heinrich	Maier Kurt
Simon der Aussätzige	Wimmer Georg	

Am Kreuzweg

Veronika	Dresch Claudia	
Simon von Cyrene	Maier Kurt	
Frau	Daxenbichler Birgit	
1. Mann	Mager Manfred	
2. Mann	Daxauer Markus	

Partisanen

Barabbas	Schaffer Mario	Dresch Simon
Dismus	Schreder Sebastian	Haselsberger Reinhard jun.
Gesmas	Osterauer Alfred	Haselsberger Reinhard jun

Römer

Pontius Pilatus	Kitzbichler Helmut	Kneringer Thomas
Centurio	Kneringer Thomas	Guggelberger Andreas
1. Soldat	Bachmann Peter	Schmid Roland
2. Soldat	Schreder Johann	
3. Soldat	Maurberger Franz	
4. Soldat	Schindlholzer Thomas	
1. Aktuar	Wimmer Mario	
2. Aktuar	Prantner Christoph	

Herodes

Herodes	Thrainer Erwin	Anker Karl
Herodias	Kneringer Beatrix	Maier Christiane
Salome	Anker Isabella	Pfisterer Nicola
1. Diener	Schreder Wolfgang	
2. Diener	Niedermayer Bernhard	

Außerdem über 500 ErlerInnen in weiteren Rollen, Orchester, Chor, Feuerwehr und Technik.

Impressionen von den Proben zur Jubiläumspassion

Jesus (Erwin Kronthaler) am Kreuz

Jesus (Florian Harlander) und die weinenden Frauen

Jesus (Florian Harlander) im Kreis der Jünger
beim letzten Abendmahl

Jesus (Erwin Kronthaler) vom Kreuz genommen,
in den Armen seiner Mutter